SOU FRUTO DA TERRA

SOU FRUTO DA TERRA

ALDIVAN TORRES

Canary Of Joy

Contents

1 Sou Fruto Da Terra   1

I

Sou Fruto Da Terra

Aldivan Teixeira Torres
Sou Fruto Da Terra _
Autor: Aldivan Teixeira Torres
@2018-Aldivan Teixeira Torres
Todos os direitos reservados

- -

Este livro, incluindo todas as suas partes, é protegido por Copyright e não pode ser reproduzido sem a permissão do autor, revendido ou transferido.

- -

Aldivan Teixeira Torres, natural de Arcoverde-PE, é um escritor consolidado em vários gêneros. Até o momento tem títulos publicados em nove línguas. Desde cedo, sempre foi um amante da arte da escrita tendo consolidado uma carreira profissional a partir do segundo semestre de 2013. Espera com seus escritos contribuir para a cultura Pernambucana e Brasileira, despertando o prazer de ler naqueles que ainda não tenham o hábito. Sua missão é conquistar o coração de cada um dos seus leitores. Além da literatura, seus gostos principais são a música, as viagens, os amigos, a família e o próprio prazer de viver. "Pela literatura, igualdade, fraternidade, justiça, dignidade e honra do ser humano sempre" é o seu lema.

Dedicatória e agradecimentos

Dedico este livro ao genuíno dono destas terras tupiniquins o qual foi nomeado pelos descobridores como índio. Este personagem marcante da nossa história teve uma grande contribuição na nossa cultura em geral mesmo diante da agressão e do extermínio da maior parte deles. A eles, minha homenagem.

Agradeço em primeiro lugar ao meu bom Deus por todas as graças concedidas à minha pessoa e à nação, à minha família sempre presente nos momentos bons e ruins, aos meus colegas de trabalho pela motivação e companheirismo, a meus amigos, aos mestres da vida e mestres educativos, a todos que de alguma forma contribuem para um mundo melhor e em especial aos meus leitores. Sem eles, não sou nada. Em frente, sempre!

Introdução

Sou fruto da terra é um livro que resgata às nossas origens, uma cultura esquecida pela grande maioria. Entrando num universo mágico, vamos descobrir o porquê de alguns fatos históricos e a realidade atual dos tupiniquins.

É um livro que inspira uma reflexão e uma tomada de decisão em frente ao universo contraditório de nossa sociedade. Eu desejo a todos uma boa leitura.

Sumário

Reencontro

A viagem

Sociedade indígena

Tradições, valores, religiosidade e arte

Hipóteses de origem do povo indígena

A colonização

Educação indígena

Saúde

Políticas públicas do estado aplicado aos nativos

Os índios na atualidade

Movimento indianista
Cidadania, autonomia e gênero indígena
Cosmovisão tupi-guarani
As várias mitologias
O povo Xucuru
Parte II
Reencontro

Ao término da aventura em Catimbau, nossos honráveis personagens voltaram-se para sua vida de sempre em sua rotina de grandes compromissos. Entre os principais estavam: O trabalho na literatura em outras vertentes e aspectos, o serviço público, o trabalho no campo, os estudos da faculdade, as viagens, compromissos sociais, o lidar com o tempo e com a angústia de um possível reencontro. Era assim que se sentiam desde que se conheceram naquela fatídica travessia de avenida em que um deles quase perdera a vida e no bucólico povoado de Jeritacó onde aprenderam uns com os outros a serem mestres da luz.

A série "Filhos da luz" ainda prometia muito e os leitores esperavam ansiosos por mais um capítulo de suas histórias. Sem se dar conta disso, o vidente permanecia estagnado e ocupado com outras preocupações. Não era nada fácil conciliar tantas coisas ao mesmo tempo e por isso podia-se dizer que o mesmo estava perdoado. Entretanto, estava sempre aberto para um pequeno empurrão do destino.

Falando no pequeno sonhador, o mesmo consegue a liberação do trabalho para ir a um evento em sua querida e amada cidade pesqueira. Era o dia dezenove de abril e nesta data tão importante comemorava-se o dia do índio nas terras brasileiras. Especialmente neste dia, Divinha se sentia ligado aos seus ancestrais nativos. Era como um chamamento do qual ele não podia recusar. Negar isso seria algo como rejeitar seu próprio sangue.

Após um acordar preguiçoso, um banho, o vestir de uma roupa típica especialmente comprada para aquela ocasião, o uso de sapato social e um bom banho de perfume deixam-lhe preparado para o que há de vir. Ser feliz é isso: Uma maneira peculiar de encarar o mundo e os desafios. O menino da gruta ansiava em viver e estes momentos marcantes tinham que ser aproveitados e comemorados.

Saindo do seu quarto já preparado, o filho de Deus despede-se ali mesmo, na sala, de seus familiares e anuncia sua viagem rápida. A notícia é recebida com naturalidade pelos parentes que sempre ocupados não poderiam acompanhá-lo. Tudo bem, pensa o menino mais espirituoso do universo. Ser só já era parte de sua rotina e tomar um pouco de ar e conhecer novas pessoas iria lhe fazer muito bem. Com bastante otimismo, nosso ídolo principal acena, dá alguns passos, abre a porta, ultrapassa-a e fecha-a atrás de si, caminho um pouco na varanda de sua casa, passa para o muro, caminha mais um pouco e estando o portão entreaberto passa direto rumo à saída mais à frente de seu sítio. O próximo obstáculo seria a cancela da propriedade disposta a cerca de oitenta metros de sua morada. Neste momento, o clima é ameno e ele encontra-se com bastantes expectativas. Sair de casa e passear um pouco era algo quase raro em sua vida atribulada de tarefas. Esta pequena jornada era a solução imediata para que ele pudesse melhorar seu ânimo e sua própria visão de vida. "Sempre era tempo para aprender".

O ritmo aumenta um pouco devido à pressão interna e à própria hora. Sabiamente, neste momento, era a atitude era adequada. Porém, na maioria das ocasiões, a paciência é uma virtude fundamental para que se alcance o sucesso. É preciso avaliar as necessidades caso a caso e isto ele aprendera com a experiência e a convivência com os mestres anteriores. Sem dúvidas, se alguém não podia reclamar de esclarecimento, este ser chamava-se Aldivan. Ciente disso, ele não tem dificuldades para atravessar a saída, fechar a cancela, passar na ponte, andar no centro do povoado, passar pela igreja, pela praça e chegar à pista. Por sorte, um conhecido passa de carro, para e oferece carona para seu destino. Sem titubear, ele abre a porta do veículo, senta no banco da frente e é dada a partida novamente. Rumo à pesqueira, a terra do doce e da renda. Que Deus os abençoasse.

Logo ao entrar no carro, o motorista simpático conhecido como André Viçosa puxa conversa.

"E aí sonhador? Tudo bem? Está de folga do trabalho?

"Tudo bom. Estou sim. Vou aproveitar este dia para ir à pesqueira. Faz um bom tempo que não vou lá. (O vidente)

"Faz muito bem. Como estão os livros? Já vendeu bastante?

"Que nada. O que me motiva na literatura não é a questão financeira. O mais importante para mim é a mensagem e continuarei transmitindo algo bom para a humanidade. Foi para isso que Deus me enviou a este lugar de expiação e de provas.

"Que legal. Eu queria conhecer um pouco mais sobre o seu trabalho. Poderia falar um pouco sobre seus livros?

"Será um prazer. No forças opostas, O primeiro título da série o vidente, O livro conta a história de um jovem sonhador que numa tentativa desesperada de realizar seus sonhos, empreende uma viagem a uma montanha que promete ser sagrada. Ele a escala, supera os obstáculos e chega ao seu topo. Lá, conhece a Guardiã, um ser milenar detentor de praticamente todos os mistérios e ajudado por ela, realiza desafios que o credenciam a entrar na misteriosa e perigosa Gruta do desespero (Um local sagrado que promete realizar os sonhos mais profundos). Ao entrar, vai superando os obstáculos e finalmente chega à Câmara secreta, onde se transforma num vidente, um ser superdotado de dons. Com tudo realizado, sai da gruta e encontra-se com a guardiã que o envia numa missão ainda mais impossível - Reunir as forças opostas, solucionar injustiças e ajudar alguém a se encontrar. Ele aceita o projeto e, com seus novos poderes, faz uma viagem no tempo guiado por um pedido de socorro. A viagem é um sucesso e durante 30 dias é submetido a diversas aventuras que o levam a realizar-se. De volta ao seu tempo, ele comemora o seu sucesso. Promete a si mesmo continuar a sua missão, evoluindo cada vez mais trazendo entretenimento para os leitores que o seguirem. Já no segundo título, a noite escura da alma, a vida nos faz viver dias tenebrosos, tristezas que não queremos que fossem reais. "A noite escura da alma" é a continuação de "O vidente", sendo que o personagem principal retornou a uma montanha em busca de respostas para um período conturbado de sua vida, momentos que se esquecera de Deus, dos seus princípios, perdendo-se em pecados. Na montanha, "O Vidente" teve contato com dois "seres elevados", que o guiaram ao conhecimento. Contudo, ele é profundamente ligado aos sete pecados capitais e apesar da experiência adquirida, seus problemas não se resolveram, tendo então que fazer uma jornada à "Ilha perdida", sede do reino dos anjos. Este livro é uma travessia repleta de perigos, piratas, uma grande aventura no mar, trazendo-nos reflexões e questionamentos, ao qual nos perguntamos se seria possível que um criminoso se recupere depois de se afundar completamente na escuridão, e, havendo, ele realmente encontraria a paz por seus crimes? Encontraria o perdão em si mesmo? Acharia a felicidade? Ou seria apenas uma ilusão, uma trégua para uma noite ainda mais escura? O terceiro título denomina-se o Encontro entre dois mundos, é uma grande jornada dos aventureiros vidente e Renato. Está dividido em duas partes que se situam no passado e no presente respectivamente que buscam mostrar a importância da luta para concretização dos nossos ideais sejam eles quais forem.

Na parte um, viagem a Sítio Fundão-Cimbres-Pesqueira-PE ao encontro dum dos responsáveis por uma revolução no passado. Ajudados por ele, a dupla em questão é treinada até desenvolver a co-visão, chave para a visão da história. Quando estão preparados, são submetidos a ela e viajam ao início do século XX no Nordeste, tempo de opressão, injustiças e preconceitos e de fome. Durante todo o tempo, observam o exemplo da população lutadora da época, especialmente um grupo que toma parte ativa na trama. Contudo, será que tiveram sucesso absoluto em seus objetivos? Desmascaram as elites? Ou fracassaram? E ainda será que conseguiram o tão esperado encontro de mundos tão dispares em relação às classes sociais, opiniões, estereótipos e amor? Vale a pena conferir.

Na parte dois, a dupla realiza nova viagem com o objetivo de concluir seus trabalhos e alcançar o milagre tão procurado. Desta feita, vão a Carabais procurar um segundo personagem do passado e ao encontrá-lo são submetidos a novo treinamento. Quando prontos, a parte dois da história se mostra. Nela, o leitor se deparará com os seguintes questionamentos: Até que ponto a questão social atrapalha no sucesso? É viável persistir mesmo depois de vários fracassos? Vale a pena privar-se do amor por conta de preconceitos sem ao menos tentar? Alguém que tem um dom pode considerar-se especial ou isto pode ser loucura? Tudo isto e muito mais você vai conferir na história de Divinha, alguém em busca do destino e do sucesso que todos nós merecemos. Em relação ao quarto título, O testamento O código de Deus, a história começa quando Philip Andrews, um auditor da fazenda marcado por uma tragédia, começa a questionar-se o porquê do seu mau destino ficando revoltado e indignado. Por um lance do destino, descobre um livro e um autor e resolve procurá-lo. Ao encontrá-lo junto com seu parceiro de aventuras decidem fazer uma viagem ao deserto distante onde supostamente encontrariam com Deus e solucionariam seus problemas. A viagem então é realizada, encontrando dois guias no caminho que os levam ao local desejado, deserto de Cabrobó. Passando por dez cidades no deserto, desenvolvem um bate papo gostoso entre si e os convidados respectivos e subitamente Deus começa a falar através dos guias respondendo a questões cruciais. Tudo o que é revelado vai ajudando na elaboração do "testamento", um código dado por Deus e nunca decifrado na história humana e angélica. E aí? Você acredita que Deus pode revelar-se em situações extremas? Ou é apenas um delírio de todos os envolvidos? Leia então o testamento, um livro destinado especialmente a quem perdeu a fé em Deus, e tire suas próprias conclusões. No quinto título, Eu sou, são treze histórias, um sonhador, um jovem e dois arcanjos em busca da verdade. O que tem em comum uma depressiva, um pedófilo, uma mulher que provocou aborto, um drogado, um jogador profissional, cientistas, criminosos, uma sexóloga, um esquizofrênico e uma deficiente? Ambos procuram refletir sobre seus atos, seus rumos futuros ao lado do vidente, um ser revolucionário e especial, numa grande viagem no nordeste brasileiro. Declarando-se o filho de Deus, ele promete escutar a todos, aconselhá-los e dar dicas valiosas sobre como retomar a vida mostrando ao longo do tempo sua personalidade e do seu pai. O objetivo maior de tudo é despertar o "eu sou" interno de cada um deles e alcançando este milagre a verdade enfim será revelada. "Eu sou" também representa um grito de liberdade frente às convenções sociais a exemplo do que fez Jesus no passado. "Eu sou" mostra-se desta forma como verdadeiramente o ser humano é em contradição com aqueles que estão acostumados a julgar os outros. Um livro instigante e que promete muito. Já no sexto, Guerra nos céus, é a sexta épica jornada da equipe da série o vidente. A trama desenvolve-se no planeta Kalenquer, portais dimensionais, São Paulo antiga e atual. Na primeira parte, traz como conteúdo a grande guerra universal, a guerra dos anjos, e as reflexões pertinentes. Na segunda, um aprofundamento sobre os preconceitos os quais causam na atualidade uma guerra implícita na humanidade.

O objetivo do livro é descobrir um pouco do destino, a nossa história, a realidade atual da sociedade humana e traz um convite para que possamos tomar a rédea de nossas decisões e quem sabe alterar antigos paradigmas. Basta apenas querer, seguir os mandamentos de Javé e então o impossível tornar-se-á possível. Estes são os seis livros publicados até o momento da série "O vidente". Tenho ainda muitos outros títulos. No gênero poesia, "Soneteando o amor" é um conjunto de poesias com pano de fundo principal o amor, este sentimento forte e duradouro que muitos já experimentaram. No texto, temos as profundas revelações nos mais variados contextos aplicados a este gênero. Espero com estes escritos contribuir ainda mais para com o mundo poético e amoroso. O segundo título, Versos sertanejos, fala um pouco dos elementos típicos regionais do Nordeste. Neste gênero foram estes dois títulos. Tenho também, Parábolas do reino e de sabedoria, um compilado de contos envolvendo os temas sabedoria e reino de Deus. Convite a sabedoria é uma coletânea de frases no estilo proverbial. Destino é um breve relato da minha vida trazendo aprendizados importantes. Sinopse do livro: Todos nós temos uma missão, uns com maiores e outros com menores. O importante nisto tudo é ter uma atitude positiva diante da vida mesmo que os obstáculos sejam enormes. Destino vem trazer um pouco do Divinha, um jovem nordestino que cresceu frente aos desafios de uma região seca, pobre e preconceituosa. O exemplo de Divinha pode ser inspirador para que você não desista facilmente dos seus sonhos. Então o que esperar para conhecer o Divinha? Uma boa leitura e sucesso em seus empreendimentos. Os dois caminhos apresentam as faces opostas do bem e do mal. Na vida temos duas escolhas. Saber escolher uma delas é questão de sabedoria. Aprenda a refletir sobre isso com um jovem que tem os predicados para tal e que pode apontar soluções para problemas de indecisão comuns na vida. Os cristos trazem a esperança. Muitas pessoas desmotivadas e sem orientação, vivem perguntando-se qual o sentido da vida diante dum mundo cada vez mais cruel. Os cristos vêm trazer aquela pitada de ânimo, orientando e aconselhando sobre os mais diversos aspectos da vida levando-nos a uma profunda reflexão. Ao terminar de ler o texto, o objetivo é que a pessoa mude seu ritmo de vida e seja mais feliz. Vencer pela fé traz boas reflexões. A vida é mesmo uma roda gigante: Num dia você está no auge do sucesso e da felicidade e no outro pode cair em desgraça. Nestes momentos difíceis, o mais importante é conservar a fé numa força maior e tentar se reerguer. Buscar vencer pela força da fé é o ideal para retomar a rotina e a promessa de dias melhores. Acredite que é possível! A palavra revelada é um conjunto de textos que objetivam explicitar as variadas questões da vida. Inspirada por Deus, estes pensamentos curtos irão inspirá-lo a tomar decisões importantes que o levarão ao caminho certo. Ele será um bálsamo para a alma atribulada e cansada das intempéries da vida. Da fraqueza vem a força vem trazer o alento para as almas angustiadas e atribuladas. A vida é feita de fases. Saber extrair da dor a experiência necessária para seguir em frente e vencer é o que poucos sabem. Descubra o segredo do sucesso. Em relação ao justo e a relação com javé, é um conto voltado para a religiosidade. Este conto traz conselhos práticos na relação com o pai e incentiva o otimismo e a perseverança.se você está num momento difícil esta é a melhor hora para lê-lo e retomar as esperanças. Sophia é a alma de Deus elevada a ponto de tocar no coração humano. Através de leves pinceladas, o objetivo do conto é elucidar os principais tópicos para que a alma humana consiga finalmente perceber o quão importante é. Na Lei do Retorno, nesta vida só temos o que merecemos e o que plantamos. Saber conviver com isso e agir de forma a obter sucesso é o que poucos sabem. Conheça um pouco desta lei universal. Por último, a série "Filhos da luz tem dois títulos publicados". As vozes da luz é primeiro livro da série filhos da luz cuja temática principal é a religiosa e as relações entre as pessoas. Tem o objetivo de informar, refletir, questionar valores e nos colocar diante de fatos históricos.

Eu faço um convite ao leitor para que mergulhe fundo nesta aventura cheia de entretenimento, mistério e informação que certamente contribuirá para uma nova visão de vida e de futuro. Com meus cumprimentos, fiquem à vontade. O segundo, Marcas feridas, traz um pouco da dor que passamos e as formas de conviver com isso. Todos nós carregamos marcas importantes, de dor e desalento frente aos acontecimentos da vida. O que fazer com isto é o que muitas pessoas se perguntam. Marcas feridas vêm trazer um roteiro e ao mesmo tempo respostas para suas indagações mais inquietantes. É um livro altamente recomendado para quem ainda não encontrou o caminho da felicidade. Estes são meus títulos publicados.

"Ufa! Acabou? São muitos. Parabéns! Vou querer todos.

"Obrigado. São quase três anos de dedicação e me orgulho muito disto. Num tempo atrás, as dificuldades eram tantas que cheguei a desistir. Mas agora estou decidido em perseverar no caminho. Deseje-me sorte.

"Claro. Pelo que vejo, você tem muito talento. Não tenha pressa. A sua hora irá chegar.

"Amém!

"E o amor? Não vejo você com ninguém.

"Nem me fale. Isto é um calo em minha vida. Apesar de ser bonito, gostoso, inteligente, amoroso e carinhoso não recebo recíproca de ninguém. Hoje em dia é muito complicado para amar tanto que já perdi as esperanças. Se existe uma luz no fim do túnel, não sei. Quem sabe um dia.

"Quem sabe. Eu te conheço desde sempre. Você é um cara muito legal e bacana. Merece com certeza ser feliz. Estarei torcendo sempre.

"Muito obrigado.

Sem perceber, lágrimas escorrem sobre o rosto sofrido do vidente, o cara mais respeitado do mundo. Falar daquilo lhe fazia muito mal por conta de circunstâncias desagradáveis que não vale a pena relembrar. André percebe isso, um silêncio inquietador paira entre os dois, e a viagem prossegue. O momento tinha que ser respeitado.

Seguindo em frente, nossos dois amigos avançam na movimentada rodovia BR 232. No caminho, passam ao lado do sítio Climério, do povoado Novo Cajueiro, Ipanema e Canaã. Não voltam a tocar no assunto constrangedor porque ele representava "As marcas feridas" do ilustre sonhador. Era necessário tempo e paciência para que pudessem obter mais respostas. Enquanto isso, cabia a eles cumprir o respectivo papel no desenrolar da trama. O que seria deles? O que o destino apontava no futuro em relação às suas expectativas? Que reação isto poderia acarretar? As muitas perguntas sem resposta pareciam antever um lado oculto, misterioso, indefinido, mas reconfortante. O que quer que fosse, estavam plenamente preparados. Pelo menos é assim que eles se sentiam.

De um lado, estava um homem casado, pai de três lindos filhos e uma esposa dedicada. O objetivo dele era consolidar sua relação e permanecer sobrevivendo. No outro aspecto, estava o menino da gruta, solteiro, empregado, escritor, quase realizado, com uma família consolidada e valores éticos próprios. Entre as suas muitas aspirações estavam um casamento com alguém legal, realizar-se no seu lado profissional, repassar uma boa mensagem para o universo de maneira a conquistar o mundo. Esta fora a promessa dos espíritos superiores num momento em que nada dava certo. Este tempo chama-se noite escura, período em que o ser humano se desliga de Deus e só pensa em suas vaidades. Felizmente, este período passou e por um milagre nosso ídolo salvou-se. Os méritos deste feito são exclusivos de seu pai Javé que através de seu anjo tocou no coração deste homem sofrido fazendo-lhe reconsiderar uma decisão importante. Foi por muito pouco que ele não caíra num poço fundo e escuro. Graças a este milagre, ele prometeu mudar e encontrou em seu pai espiritual o apoio necessário para encontrar um novo rumo. Atualmente, ele encontra-se bem feliz em seu trabalho, em sua família e consigo mesmo. Não tinha tudo, porém, o que viesse estava creditado como promessa. Fé, uma palavra pequena, mas com um poder incrível de mudança. Assim seguiam-se os dias desses personagens especiais.

Especificamente na viagem, eles já se aproximam da sede pesqueira. A conversa é retomada sobre assuntos gerais com o intuito de distração. O ambiente é bom com bastantes expectativas. André iria reencontrar parentes distantes e o filho de Deus iria para um evento comemorativo daquele dia tão importante para os Brasileiros. Prestes a marcar história em suas trajetórias, ambos se preparavam mentalmente e espiritualmente com propósito de encontrarem respostas, aprender e vivenciar novas experiências. Já estava na hora exata de mudar a rotina e embarcar numa aventura inesquecível. Ficariam guardados num cantinho especial junto ao coração dos leitores espalhados por todas as regiões do mundo. Não importando o papel que cada um desempenhasse, grandes ou pequenos. Como se diz na gíria, iriam "Causar".

Animados com esta possibilidade, a marcha do carro é acelerada e então eles já podem vislumbrar "A Princesa do agreste". A pesqueira de todos nós era uma cidade agradável, histórica, morada dum povo intelectualizado, batalhador, sofrido, contudo, de muita esperança num futuro melhor. Um destes filhos ilustres era um jovem publicado em vários países que pregava o amor, a liberdade, a tolerância, a igualdade, a paz, a harmonia, a cooperação, a caridade, a simplicidade e o perdão. Era mesmo um desafio viver num mundo tão diferente de sua concepção. Entretanto, desafios foram feitos para serem superados.

Alguns minutos depois, eles já têm acesso à central, primeiro bairro de pesqueira. A oportunidade faz o vidente relembrar sua trajetória de há pouco quando fazia este trajeto todos os dias em busca de cumprir sua função pública. Tempos bons aqueles! Durante quase quatro anos, cumpriu funções administrativas no Colégio Cristo Rei auxiliado por companheiros de trabalho prestativos. A sua saída deste estabelecimento deu-se por conta de aprovação em outra função pública melhor remunerada. Embora nunca se esquecesse de suas origens, foi a melhor decisão em termos de necessidade pessoal. Como diz o ditado, absolutamente nada é para sempre. O Vidente continuaria em busca de mais experiências em todos os sentidos. Atravessando a central, revisitando lugares, passando pelo centro eles vão de encontro ao ponto principal da cidade, a Praça Dom José Lopes. Lá, é o local de despedida entre os dois amigos e André seguiria seu rumo sozinho. Agora, o filho de Deus mistura-se a multidão aproximando-se mais do palco principal da festa. Está ocorrendo uma apresentação do Toré, dança típica dos índios

Xucuru. Divinha nunca tinha presenciado um espetáculo tão peculiar e tão folclórico. Concentra-se tanto que mal percebe quando alguém toca em suas costas. Ao voltar-se para trás, qual não foi a surpresa ao rever dois velhos conhecidos amigos. Após os beijos e abraços de cortesia, eles começam a comunicar-se entre si.

"Meu Deus! Que surpresa. O que fazem aqui, meus queridos amigos? (Aldivan)

"Viemos para a solenidade e para reencontrar um amigo. (Informou Messias)

"Que bom que tivemos este prêmio de Deus. Como tem passado, Filho de Deus? (Emanuel)

"Bem, na minha rotina habitual. Estou tendo mais cuidado com os caminhões. (Divinha)

"Sei. Também não me esqueço daquele dia fatídico. O fato desagradável serviu para nos unir e iniciarmos a série "Filhos da luz". Nada é por acaso neste mundo. (Observou Emanuel)

"É verdade. Vocês apreciam a arte indígena? (O filho de Deus)

"Sim, muito. Tenho vários amigos na região e o principal deles está aqui nesta apresentação. Olha, é aquele homem alto, magro e idoso localizado no centro do palco" apontando com um dedo para o homem (Messias)

O homem sorri. Reconhece no meio da multidão o velho companheiro de infância. Mas quem seria os dois jovens que o acompanhavam? Sentia neles uma vibração e proteção fortes. Os espíritos da terra tentam comunicar-se prevendo algo. Porém, tudo é muito confuso. O melhor seria esperar o fim da apresentação para encerrar suas dúvidas ou até mesmo aumentá-las.

"Sei, eu o vi. E um tipo bem interessante. Será um prazer conhecê-lo. (O vidente)

"Não vai se arrepender. Ele é chave. (Messias)

"Chave? Sabe de algo Emanuel? (Divinha)

"Estou mais perdido do que você pois também não o conheço. Aliás, nem sabia de sua existência. Repentinamente, meu pai teve esta ideia de vir a Pesqueira e resgatar esta história. Para concluir, o destino nos uniu novamente. (Emanuel)

"Sei. Estou juntando as coisas: Dia do índio, nós três aqui reunidos e um estranho misterioso a conhecer. Poderia ser o que faltava para uma nova história. Estou certo, mestre? (Aldivan)

"Pode ser. A apresentação está linda, não é mesmo? (Respondeu Messias tentando desconversar)

"Está. (Pequeno sonhador)

"Está tudo lindo. (Emanuel)

Aldivan não exige explicações. Algo que aprendera com eles mesmos era ter paciência e reconhecer o momento de cada coisa. Simplesmente o melhor era deixar encantar-se com os movimentos rítmicos do grupo artístico. O futuro ainda era algo a ser construído e requeria tempo e dedicação.

O trio aproveita cada instante daquele momento mágico para deleitar-se com as belezas de nossa cultura. Ali, estavam mártires, sofredores, batalhadores, heróis, sonhadores e cidadãos brasileiros em seu mais amplo termo. Ao final da apresentação, encaminham-se ao camarim para cumprimentar os artistas e reencontrar a pessoa citada. Estavam satisfeitos, felizes, confiantes e esperançosos. Tudo poderia mudar como se fosse mágica e transformar por completo a vida daqueles mosqueteiros. O campo das possibilidades era enorme e plenamente possível.

Subindo as escadas que davam acesso ao palco, nossos amigos tremem por dentro não conseguindo controlar a emoção cuja revelação estava prestes a acontecer. O que os esperava? Que decisões poderiam ser tomadas a partir dali? A única certeza que tinham residia no fato de estarem dispostos a avançar ainda mais naquele caminho misterioso.

Plenamente convictos, nossos colegas de aventura têm acesso ao topo do palco e de lá são apenas alguns passos para o camarim do homem apontado anteriormente pelo mestre. Batem no pequeno compartimento com porta verde localizado bem no centro da edificação. Imediatamente, ouvem passos e alguns instantes depois são atendidos pelo ancião aparentemente simpático. Usando uma blusa de seda, calça jeans, um óculo escuro, boné verde com o símbolo da bandeira brasileira, sapato social preto e emanando um perfume inconfundível de jasmim o senhor nada parecia com o que se esperava de um nativo de uma tribo indígena. Com um gesto fraterno, cumprimenta a todos e bem emocionado começa a puxar conversa:

"Meu grande amigo Messias. Que prazer revê-lo depois de longos anos. Quem são seus acompanhantes?

"É um grande prazer também meu caro amigo Juraci. Estes são meu filho Emanuel e meu amigo Aldivan "Apontando para cada um deles. (Emanuel)

"Bem vindos, espero que estejam bem e que fiquem bem" Desejou Juraci.

"Obrigado. Meu pai revelou um pouco de sua história neste dia tão importante que é o de vocês, os genuínos brasileiros. (Emanuel)

"É uma honra estar aqui participando deste momento singular. (O vidente)

"Na verdade, eu os trouxe com segundas intenções. Meditei um pouco e orientado pelos meus guias cheguei aqui em Pesqueira. Quero que nos ensine tudo o que sabe. (Pediu Messias)

"Chegou a hora? Eu realmente fico impressionado com a qualidade da energia que recebo de vocês. O caminho Xucuru não é fácil, é um desafio a cada passada no solo. Entretanto, como a mãe terra estou sempre disponível para abrir meus braços e acolhê-los. Querem ser treinados? Sem problemas. O amigo de vocês está aqui para servi-los em seu caminho intrigante de aventuras. (Juraci)

"ótimo. (Messias)

"Para onde iremos? (O vidente)

"Para minha casa e vossa casa, além do Pé-de-Serra do Ororubá. Tem disponibilidade? (Juraci)

"Vou ver. Esperem um instante. (O filho de Deus)

O vidente afasta-se um pouco e telefona de seu aparelho celular. O objetivo é conseguir uma licença do trabalho e comunicar à família de sua decisão. Em cerca de cinco minutos, consegue as duas proezas.

Pronto, nada lhe impedia de seguir seu rumo. Volta então para junto de seus colegas.

"Consegui. Tenho o tempo necessário. Interessa-me e muito a questão do seu povo. Sou teu discípulo a partir de agora e prometo dedicação, presteza, garra e fé. (O vidente)

"Muito bom. Tudo bem para você também, Emanuel? (Juraci)

"Tudo bem. Vamos juntos nesta nova aventura! (Emanuel)

"Então me sigam. (Juraci)

A viagem

O grupo sai do camarim, entra no carro fretado, sai do centro e percorre boa parte de Pesqueira até alcançar a pista em direção a aldeia. Desde o começo, sentem as dificuldades da estrada. A melhor maneira de passar o tempo é conversar e observar o horizonte. É o que fazem. A subida na serra era razoavelmente longa e eles divertem-se com as brincadeiras do seu novo amigo. Apesar da idade, era bastante alegre e disposto. Sem dúvidas, uma grande sabedoria se encerrava naquele coração talvez ferido pelos problemas da vida. Tudo para nossos amigos era novidade: O relevo, a vegetação, o ar puro, o sol quente, a intensa subida, as curvas perigosas e o nervosismo que era grande. Porém, tudo estava valendo muito a pena.

Avançando nas mesmas condições, eles chegam à vila de Cimbres e logo em seguida na aldeia principal. A aglomeração é composta de casas simples feitas de varas cruzadas e barro com telhado cerâmico. A casa de Juraci era a última e também a mais simples. Num primeiro momento, eles instalam-se e vão descansar. Após, conforme combinado tinham uma reunião para poderem conhecer-se melhor e delimitar o trabalho. Ela é realizada ainda na manhã e abaixo tem os trechos principais da conversa:

"Sou o Juraci, sou o fruto da terra deste agreste pujante de Pernambuco. Nasci e me criei nestas terras e aprendi desde cedo a preservá-las e respeitá-las. E vocês? Qual vosso depoimento?

"Minha família provém da Europa, mas também me considero brasileiro. O Brasil sempre me recebeu bem apesar de não termos condições suficientes para sobreviver num nordeste seco e sem oportunidades. Este é o melhor local do mundo para se viver pelos desafios impostos, pela inteligência, bondade e força de vontade de seu povo. Eu me orgulho de estar aqui, ser o Messias, o mestre da luz que busca respostas junto a um velho amigo.

"Sou o Emanuel, aquele que veio salvar. Minha atitude libertou o jovem sonhador e com ele pôde entender um pouco mais de Deus. Vivo no sertão com o meu pai e estou aqui para participar deste complexo sistema de ensino-aprendizagem.

"Sou o Aldivan Teixeira Torres, também conhecido como filho de Deus, vidente, Divinha ou pequeno sonhador. Sou funcionário público e escritor. Meus maiores feitos foram vencer a gruta mais perigosa do mundo e ter tido sucesso nas várias aventuras já concluídas até aqui. Atualmente, aproveitarei este momento maravilhoso para absorver os conhecimentos necessários. De onde vocês se conhecem amados mestres?

"Estive um tempo afastado da minha tribo por conta de dissidências políticas. Conheci Messias numa fazenda próximo de Ibimirim onde trabalhamos juntos em atividades braçais. Éramos ainda crianças e passamos boa parte da infância juntos. Quando finalmente a situação mudou, retornei para junto do meu povo e não nos vimos mais com tanta frequência. (Juraci).

"Tempos bons aqueles. Sofremos muito com a impiedade e a indiferença dos grandes, mas criamos um laço de amizade tão forte que nos une até hoje. Neste dia tão especial, dia de todo brasileiro, tive esta ótima ideia de revê-lo. Em seguida, aproveitamos de sua sabedoria para podermos evoluir e conhecer novas culturas. (Messias)

"Perfeito. Estou à disposição. Quais vossos objetivos além deste? (Juraci)

"Viver. Minha aposentadoria me dá certa segurança financeira sendo um troféu para o meu esforço durante toda a vida. Quero ir além. (Messias)

"Quero casar, arrumar um emprego fixo, continuar participando desta série maravilhosa e viajar bastante. (Emanuel)

"Pretendo seguir em frente com a minha carreira literária, despertando o prazer de ler naqueles que ainda não tem este hábito. O objetivo final é conquistar o mundo inteiro. Também quero ser feliz garantidamente. Conhecimento é tudo. (O filho de Deus)

"Muito bem! Da minha parte, quero cumprir minha missão. Não sei se tenho muito conhecimento como dizem, eu sei o que a natureza me ensinou. Serei mais uma seta na trajetória de vocês. (Juraci)

"Qual o primeiro passo? (O vidente)

"Farei um treinamento especial onde aprenderão sobre as especificidades do meu povo. O objetivo é tornaram-se dignos para a revelação final. A primeira etapa será realizada à tarde. Por enquanto, descansemos. Agora, cuidarei do almoço. (Juraci)

"Está bem. (Aldivan)

Juraci retira-se para cumprir o combinado e nossos amigos aproveitam para sair e conhecer melhor a aldeia. No passeio. Conhecem mais pessoas e entram em contato com elas. Diferentemente do que se pensa, os índios são pessoas gentis e amigáveis, em nada se parecem com as descrições antigas de violência e falta de pudor. Eles são também simpáticos, acolhedores e donos de uma cultura valiosa. Valerá muito a pena a viagem.

Após percorrer praticamente todos os cantos do local, nossos mosqueteiros resolvem retornar para casa de seu mais querido amigo Juraci. Neste exato instante, tinham consciência de seus desejos, limitações, o leque de possibilidades que se abrir-se-ia à frente, da gravidade e do perigo no caminho da sabedoria dos antigos. Contudo, estavam acostumados e prontos para arriscar.

Perfeitamente conscientes, eles galgam passo a passo o pequeno percurso de uma ponta a outra da aldeia. Como tudo ali era pequeno, não demora muito e eles já concluem o trajeto total. E agora? O que aconteceria? A ansiedade e o nervosismo deles eram enormes diante das incógnitas da vida. Empurrando a porta, eles já sentem o cheiro característico da comida local. A julgar pelo aroma, devia ser uma delícia. Com um aceno, o anfitrião lhes chama a sentar na pequena mesa de madeira localizada num dos cantos do casebre.

Um a um, aproximam-se e vão se acomodando ao redor do móvel em pequenos tamboretes cuidadosamente distribuídos no pequeno espaço.

Mesmo diante da humildade dali, estavam felizes porque estavam entre amigos. Esta regra aplica-se às situações da vida. Do que adianta morar numa mansão sendo infeliz e só? Do que adianta ter dinheiro e não ter saúde? É preferível ser pobre, saudável e ter pessoas confiáveis que vos amem verdadeiramente. Outra coisa: O conhecimento é medido pela experiência e pela sensibilidade não tendo nada em comum com poder, estatuto social, religião, poder político ou prestígio. Em geral, as almas evoluídas residem na pequenez social.

A comida é servida. Atendendo às expectativas, o mexido de frango preparado pelo hospedeiro está ótimo. Enquanto comem, aproveitam para interagir entre si.

"Como estão vossas expectativas em relação a esta aventura? (Juraci)

"As melhores possíveis. Acredito que estamos fazendo parte de uma nova história onde a amizade e a união de todos será fundamental. (O vidente).

"Estar aqui é como um grande mergulho histórico. Apesar de estarmos no século XXI, eu sinto todo o clima do passado. Isto é muito construtivo. (Emanuel)

"Tudo tende a melhorar e conhecer esta cultura tão importante é fundamental. (Messias)

"Muito bem! Fico feliz por estarem tão dispostos. Sabe, devo confessar-lhes que nunca treinei ninguém. Tudo o que sei provém da natureza e dos relatórios do meu povo os quais tenho acesso. Porém, se tenho a confiança de meu velho amigo Messias eu me esforçarei para atendê-los. (Prontificou-se Juraci).

"Com certeza. Obrigado pelo apoio. (Messias)

"Estamos convictos de sua capacidade. Será muito proveitoso. (O filho de Deus)

"Os grandes homens revelam-se nas pequenas coisas. (Emanuel)

"Belas palavras. Parece um sonho ter esta oportunidade da vida. Prometo não os decepcionar. (Juraci)

"Amém! (Os outros)

A conversa estendeu-se por um pouco mais de tempo sobre outros assuntos. Até o momento, tudo estava dando muito certo na viagem aquele santuário. No futuro, poderiam ter as respostas desejadas em relação às suas aspirações caso assimilassem por completo as etapas programadas. A autoconfiança era algo que não faltava aos nossos amigos.

Ao concluir o almoço, eles reúnem-se novamente e decidem por unanimidade sair. Arrumam os pertences necessários, pois o objetivo era ficar na mata da serra alguns dias. Todo o aprendizado se desenrolaria lá. Com tudo pronto, eles iniciam a curta caminhada.

Da aldeia, eles pegam uma trilha em direção ao leste e logo de início sentem algumas dificuldades. O relevo era extremamente acidentado e a floresta muito fechada. Espinhos perigosos, pedras pontiagudas e os animais selvagens complicavam ainda mais a situação. No entanto, ninguém reclama. Ao contrário, agradeciam a vivência daquele momento.

Com uma caminhada regular, superam gradativamente os obstáculos e os próprios medos. O pensamento atual era de cooperação, entrega, dedicação, garra e fé que sobrepunham as dúvidas e inquietações. Ao final, esperava-se a concretização do objetivo maior: conhecer mais uma voz que gritara na gruta do desespero.

Em cerca de quarenta minutos de caminhada, eles acham o lugar perfeito para acampar. Tratava-se de um local relativamente plano, espaçoso, com árvores ao derredor e quase no centro da floresta. A primeira ação que realizam é construir um abrigo. Com a ajuda do indígena experiente, eles buscam madeira e palha na mata. Ao retornar, cada um contribui de sua maneira para erguer a cabana. Ela fica firme e os protegeria de sol, chuva e dos animais perigosos.

Com tudo realizado, é chegada a hora do primeiro debate de ideias.

Sociedade Indígena

"Comecem as perguntas sobre a nossa sociedade. Estarei pronto para responder. (Disponibilizou-se Juraci)

"De que vivem os índios? (Emanuel)

"Da caça, pesca, da pecuária, da agricultura, do artesanato e da renda dos programas federais indígenas. (Juraci)

"O que plantam? (O vidente)

"Um pouco de tudo. Os produtos mais comuns são: Milho, feijão, abóbora, batata-doce e mandioca. (Juraci)

"De qual forma fazem os plantios? (Messias)

"Utilizamos a coivara, derrubada de mata e queimada para limpar o solo para o plantio. (Explicou Juraci)

"Interessante e rudimentar. Fazíamos também assim antigamente. Hoje, aramos à terra antes do plantio. (Messias)

"Nós, índios, somos muito apegados à tradição herdada dos nossos antepassados. (Juraci)

"Vocês bebem? Em caso positivo, que tipo de bebida produzem? (O vidente)

"Bebemos. Temos amplo conhecimento na produção de bebidas fermentadas feitas a partir de tubérculos, raízes, folhas, sementes e frutos a exemplo do milho, mandioca, batata-doce, buriti, caju, amendoim, banana e ananás. (Juraci).

"Pode-se dizer que herdamos esse costume de vocês? (O filho de Deus)

"Exatamente. (Afirmou Juraci)

"E na culinária, o que herdamos de vós? (Emanuel)

"Pratos à base de mandioca e de milho tendo como exemplo a pamonha e o beiju. O uso do guaraná, palmito, batata-doce, cará, pinhão, cacau, amendoim, caruru, serralha, mamão, araçá, caju, abajeru, apé, araticum, azamboa, bacaba, bacupari, gurumixama, guapuronga, mocuí, mundururu, murici, ubucaba e umari. Em relação aos alimentos derivados de animais, temos os de tartaruga e seus ovos como o arabu, a abunã, o mujanguê e o paxicá; de peixes, temos a paçoca e o moquém, o piracuí, a moqueca e a mixira.(Juraci).

"Quase tudo isso eu adoro. Muito obrigado.(Emanuel)

"Por nada.(Juraci)

"Cite outras contribuições relacionadas.(Pediu Messias)

"Introduzimos outros vegetais como fibras de algodão, o tucum, gramíneas, bambus e o guaratá bravo para fabricação de tecidos, ornamentos e cestaria; Para fazer vassouras a piaçava; Gêneros de abóboras para produzir cabaças, usadas para armazenar água ou farinha.(Juraci)

"Muito instrutivo.(Messias)

"Quanto aos animais?(Emanuel)

"Em nossas reservas, domesticamos o boi, cavalo, jumento, a cabra, a galinha, o porco entre outros e os usamos em nossa alimentação, transporte e o que sobra vendemos.(Juraci)

"Bem moderno. E antigamente? (Emanuel)

"Segundo escritos, conhecíamos apenas animais de pequeno porte. (Juraci)

"Quanto à caça? (O vidente)

"Caçamos animais selvagens de várias espécies para ajudar na alimentação. Somos exímios caçadores desde sempre. (Informou Juraci)

"E vocês acham certo? Acabar com a vida destes animais para proveito próprio? (O vidente)

"Não me leve a mal, mas o que vocês brancos fazem? Destroem a vegetação, exploram os animais, esgotam os minérios da terra, matam, roubam e usurpam nossas terras. Agimos diferente: respeitamos à terra e os animais retirando apenas o necessário para nossa sobrevivência. Então não me venha com lição de moral. (Disse irado Juraci)

"Desculpe-me, você está certo. Nós brancos somos os culpados pela atual situação da degradação da terra. (O filho de Deus)

"Ainda bem que é sensato. Perdoe-me se fui grosso. (Juraci)

"Sem problemas. (Aldivan)

"Como bom índio, nosso amigo aqui adora uma pescaria, não é? (Messias)

"Sim, temos vários lagos e rios nesta região e a pesca é uma forma de lazer e de renda passada de geração para geração. Nem mesmo a aculturação imposta pelo branco nos tirou esta característica.(Observou Juraci)

"Ótimo. Sou de família italiana mas também adoro uma pescaria. Temos gostos parecidos.(Messias)

"É verdade amigo.(Juraci)

"Como vocês se comunicam com as outras tribos indígenas?(Emanuel)

"Usamos todo o aparato moderno: telefone, internet e correios. Em datas importantes, nos reunimos e festejamos.(Informou Juraci)

"E no passado?(Emanuel)

"Mandávamos mensageiros para avisar sobre questões importantes. Em geral, quando se tratava de momentos de guerras, casamentos, cerimônias de enterro e também no momento de estabelecer alianças contra um inimigo comum.(Explicou Juraci).

"Entendi.(Emanuel)

"Quanto ao uso dos recursos naturais?(O vidente)

"Usamos bem tudo o que a mãe terra nos disponibiliza. Da madeira construímos canoas, arcos, flechas e nossas casas. Da palha fazemos cestos, esteiras, redes entre outros. A cerâmica é utilizada para fazer potes, panelas e utensílios domésticos. Penas e peles são usadas para fazer roupas ou enfeites para nossas cerimônias. Já o urucum é usado para fazer pinturas no corpo. Nossas mulheres também fazem renascença contribuindo para a economia local.(Juraci)

"Muito engenhoso. Estão de parabéns.(Aldivan)

"Agradecido.(Juraci)

"Em relação às classes sociais.como vocês se organizam?(Messias)

"Não existem classes sociais entre nós. Todos são iguais. À terra é de propriedade comum e quando colhemos ou caçamos dividimos entre todos. O egoísmo é algo que não conhecemos. A única propriedade que temos são nossos objetos pessoais.(Juraci)

"Como se dá a divisão do trabalho?(Messias)

"Dividimos por sexo e idade. As mulheres ficam responsáveis pela comida, artesanato, crianças, colheita e plantio. Já os homens cuidam da caça, pesca, pecuária e derrubada de árvores.(Juraci)

"Bem justo. No mundo branco é um pouco diferente. Hoje em dia, as atribuições do homem e da mulher são bem-parecidos.(Messias)

"Eu sei. Por isso as mulheres de nossa tribo e até as brancas nos adoram.(Juraci)

"Verdade.(Messias)

"Quais são os principais personagens numa tribo?(Emanuel)

"São o pajé e o cacique. O pajé é a figura religiosa da tribo porque conhece os rituais e recebe as mensagens dos espíritos. Ele também atua como curandeiro conhecendo os chás e ervas para curar as doenças. Já o cacique orienta e organiza os índios.

"Como se constitui a família?(Messias)

"Em relação ao casamento, a família pode ser monogâmica ou poligâmica com predomínio da poligamia. O casamento não é uma instituição sagrada com o divórcio sendo frequente. Há muitas uniões consanguíneas o que fortalece a unidade dos clãs. Cada família e suas relações é considerada particular. A mãe amamenta o filho pequeno até que não haja outro. Se for menino, o pai ensina-lhe o seu trabalho. Da mesma forma, se for menina a mãe ensina as atividades femininas. Há rituais em períodos específicos sendo celebrados por toda a tribo.

"Um pouco diferente de nossa cultura branca.(Observou Messias)

"Bem diferente. Cada qual tem sua importância.(Juraci)

"Que tal mudarmos o foco um pouco?(Indagou o vidente)

"Claro, pode ser.(Disponibilizou-se Juraci)

"Falemos um pouco de sua cultura.(Aldivan)

"Podem começar.(Juraci)

A disposição de Juraci era impressionante apesar de sua idade. A conversa estava ótima e continuaria até eles se sentirem completamente satisfeitos.

Tradições, valores, religiosidade e arte.

"O cosmo para mim e para a maioria dos humanos é uma incógnita. Temos tantas teorias, mas nenhum delas, nos satisfaz. Como seu povo vê este mistério?(O filho de Deus)

"Para nós, o mundo não teve uma origem ou fim definidos. Alguns de nós, acreditamos em um Deus supremo tendo o auxílio de Deuses secundários. Para outros, a origem do mundo é um mistério surgindo então vários mitos a heróis sábios e entidades benevolentes. Há também cosmogonias com um par ou uma coletividade de criadores.

"Muito interessante. Na minha crença, Deus estava lá no início acionando a explosão designada pela ciência como Big Bang. Foram criados os filhos, os anjos e todas as outras civilizações existentes. Deus existe desde sempre e nunca morrerá. Ele é a razão da minha vida.(O filho de Deus)

"Esplêndido. Desde o começo, eu percebi a boa energia proveniente de vós. Apesar de ter crenças diferentes, eu acredito piamente no que você diz.(Juraci)

"Obrigado. Eu também respeito sua cultura.(Divinha)

"Você é especial.(Juraci)

"Por isto ele é o filho de Deus. Tenho a honra de ter salvado sua vida uma vez. Ele está em boas mãos.(Emanuel)

"Fui seu mestre e seu discípulo e ambas às vezes foi muito proveitoso. Por isto trouxe-lhe aqui e vejo que foi a melhor decisão.(Messias)

"Que bom! Fico feliz. Continuemos o nosso aprendizado.(Juraci)

"Podia nos revelar a relação entre a natureza e a religiosidade do seu povo?(Messias)

"O animismo é recorrente, ou seja, a deificação de vários animais, plantas, seres mitológicos, à terra e seus elementos. Consideramos tudo isso sagrado. Também há uma crença em um poder divino insondável ligando a natureza e os homens. Para nós, existem inúmeras dimensões e em certas situações eles comunicam-se entre si na grande cadeia que é a vida.

"Por isso há esta relação de respeito entre vocês e a natureza. Torná-la elemento espiritual é uma ótima estratégia.(Observou Messias)

"Esta é nossa escolha. O homem é um fio da natureza sendo a preservação dela fundamental para que a vida continue. Que pena que o homem branco não pense assim.(Juraci)

"Verdade. Nossa ganância ainda nos levará á ruína.(Messias)

"Algo que me chamou a atenção foi a ideia dos mundos paralelos. Esta crença revela muita sabedoria da parte de vós. Eu também creio em múltiplos universos. A prova disse é que eu e meus amigos já vivemos várias situações em mundos alternativos.(Aldivan)

"Vocês são felizardos. Negar a carga espiritual dos outros mundos é a mesma coisa que tropeçar nas próprias pernas. Contudo, nem todos estão preparados.(Juraci)

"Isto é verdade.(O vidente)

"Quais as concepções que vocês têm do pós-morte?(Emanuel)

"Há uma crença num paraíso destinado aos bons e corajosos. Realizamos rituais de sepultamento com o objetivo de preservar a memória deles.(Juraci)

"Na nossa cultura existe o céu, o inferno, o scheol, o limbo, a cidade dos homens e o purgatório. O céu, o purgatório e a cidade dos homens para os fiéis e os outros locais para os maus.(Emanuel).

"Acreditamos no bem e no mal também. Tanto que nos protegemos contra os espíritos desordeiros através de rituais.(Juraci)

"Fazem bem. Em nossa cultura, a ação do mal acontece através de trabalho usando a magia negra. As pessoas são ruins.(Emanuel)

"Sei bem como é.(Juraci)

"Está escrito que aqueles que procuram o mal não herdarão o meu reino. Quero os humildes, os pequenos e os bons de coração.(Afirmou o vidente)

"Será que nós, índios bravios, temos oportunidade de entrar em seu reino?(Juraci)

"A porta está aberta para todos. Basta crer em meu nome, no do meu pai e realizar as boas obras. Como diz o ditado, há muitos caminhos de se chegar a Deus.(O vidente)

"Amém. Ainda bem!(Disse aliviado Juraci)

"O que diferencia a religião indígena das outras?(O vidente)

"Não há um dogma específico nem uma liturgia, muito menos escrituras. Respeitamos todos os seres sendo inadmissível sacrifício. Não praticamos o proselitismo.(Juraci)

"Bem interessante e mais justo.(Observou o vidente)

"É o nosso modo de observar o mundo.(Juraci)

"Podia nos dar um resumo sobre a visão de ligação com o mundo espiritual?(Messias)

"Sim, pois falaremos disto especificamente mais adiante. Acreditamos na existência de espíritos malignos como, por exemplo, o curupira. A mediação com este se dá através dos Pajés ou Xamãs. Em relação às tribos sem guias espirituais, a comunicação com o outro mundo ocorre em animais, sonhos e profecias. Algumas vezes usam-se bebidas para fazer a ponte entre o mundo visível e invisível.(Juraci)

"No mundo branco, o elo para o outro mundo é através dos chefes espirituais de cada religião e médiuns.(Messias)

"Mudam-se os nomes, mas a função é a mesma.(Conclui Juraci)

"Verdade, meu amigo.(Messias)

"Vocês gostam de festas?(Emanuel)

"Muito. Celebramos os eventos importantes sendo o mais conhecido deles, o Kuarup, ritual que homenageia os mortos onde trocamos presentes, compartilhamos refeições e experiências. Há também jogos, dança e canto.(Juraci)

"Adoro também. Como qualquer jovem da minha idade, sair é sempre uma diversão.(Emanuel)

"Herança indígena.(Afirmou Juraci)

"É verdade que os primeiros indígenas andavam nus?(O vidente)

"Às vezes, nossa raça sempre preservou a ingenuidade e a pureza, portanto, a nudez não causava vergonha. Em ocasiões de festejo e de cerimônia usavam-se plumas ou fibras. Algumas tribos usavam tapa-sexo, protetores penianos e tangas de tecido. Hoje em dia já temos índios aculturados e vestem-se conforme padrões comuns (Juraci)

"Como é o asseio corporal?(Messias)

"Somos muito vaidosos e cuidadosos com o corpo. Praticamos a arte do banho diário. Nisto o branco nos copiou.(Diz com orgulho Juraci)

"Que bom!(Messias)

"Como era a questão da virgindade?(Emanuel)

"Não tem nenhum valor para nós, somos ativos sexualmente mesmo antes de nos casarmos.(Juraci)

"Ótimo.(Emanuel)

"Quais outros aspectos de sexualidade você pode enfatizar?(O vidente)

"Interditam-se para o sexo os pré-púberes, as mulheres na menstruação e no puerpério. Alguns aceitam sexo grupal, incesto, o adultério e o homossexualismo. No passado, não se tinha a consciência da vergonha, sexo e higiene eram praticados a vista de qualquer um.(Juraci).

"Intenso. Realmente seus costumes são bem diferentes do nosso.(O filho de Deus)

"Cada uma de nossas características compõem nossa personalidade.(Juraci)

"Que outras características importantes você pode mencionar?(Messias)

"Quem praticar feitiçaria contra um membro da tribo é executado; Um homem covarde é rejeitado pelos filhos e esposa; Numa prisão, não era necessário confinamento, pois fugir é desonra; A casa dos homens não pode ser profanada por mulheres; Os crimes não prescreviam.(Juraci)

"Justo.(Messias)

"Como é a relação entre vocês, à terra e o ambiente em geral?(Emanuel)

"À terra é nossa mãe, dependemos dela para tudo. Animais, plantas, para nós, são tidos como Deuses oferecendo-se cerimônias. A criação é uma obra divina e a vida em si, é inter-relacionada sendo o planeta tido como sagrado. Praticamos o desenvolvimento sustentável de forma que não agredimos o ambiente. Fazemos desta forma para que ele se perpetue e possa alimentar as gerações futuras. Esta é uma lição que deve ser aprendida por vós.(Juraci)

"Uma lição extremamente importante.(Concordou Emanuel)

"Como vocês lidam com a modernidade?(O vidente)

"O homem branco é o grande responsável pela degradação dos recursos naturais do planeta. Muitos animais importantes para nossa sobrevivência está simplesmente desaparecendo. Até mesmo entre nós índios a realidade mudou. O artesanato comercial já é uma realidade entre nós representando uma importante fonte de renda.(Juraci)

"Tempos cada vez mais modernos que realmente mudam a vida de todos. O importante é tentar manter as tradições.(O filho de Deus)

"Sim, é verdade. Da minha parte, continuarei sendo "Fruto da terra".(Juraci)

"Em sua opinião qual é a maior herança do seu povo e qual a situação atual?(Messias)

"A maior herança de um povo é a educação e compreendida na educação está o idioma. Não possuímos sistema de escrita conhecidos então o ensino-aprendizagem ocorre na base da oralidade. Antes da chegada de Cabral ao Brasil falavam-se cerca de mil e trezentas línguas nativas. Hoje, calculam-se que restaram duzentos e setenta e quatro. Algumas destas estão quase em extinção devido ao pequeno número de falantes. Se considerarmos apenas as que foram estudadas em profundidade, este número reduz-se a apenas nove por cento. Elas estão divididas em dois grandes troncos linguísticos, o tupi e o macro-jê. Dentro desta divisão maior, existem dialetos e variações.

"Uma herança importantíssima.(Messias)

"O que substituía o sistema de escrita em sua cultura?(Emanuel)

"Alguns grupos desenvolveram um sistema de sinais e outros grafismos portadores de significados específicos que foram transmitidos de geração para geração. Ao lado de figuras de animais, estas simbologias reconstituem um passado histórico de forma que possamos compreender um pouco de nossos ancestrais. É o nosso legado para o mundo. Que pena que esta riqueza vem sendo perdida temporalmente tendo como motivo o avanço da civilização com seu vandalismo premeditado.(Juraci)

Lágrimas escorrem pelo rosto sofrido de Juraci e nossos amigos aproximam-se tentando acalmá-lo. Era realmente uma pena que nossas origens fossem perdidas por conta da irracionalidade de certas pessoas que não davam valor á sua própria cultura. Quando ele se recupera, a conversação então pode ser reiniciada.

"Poderia nos dar detalhes sobre esta cultura?(O vidente)

"Nossa cultura é fenomenal. Temos grande diversidade de apetrechos e objetos decorados. Organizamos rituais maravilhosos, nossa pintura é viva e gêneros. Somos simples. Gostamos de música e desenvolvemos vários ritmos. Temos tradição oral sofisticada e nossa linguagem é muito rica. Também temos predileção especial pela dança, artesanato e arte plumária.(Juraci)

"Ótimo.(O vidente)

"Existiam pessoas específicas que produziam a arte?(Messias)

"Não. Todos na aldeia tinham habilidade. Em nossa visão, a produção de objetos simbólicos de cultura estava sob a influência da espiritualidade, inclusive, as matérias-primas utilizadas em sua confecção. Exemplos disso, as penas vermelhas são assentos de espíritos protetores usadas com o fim de espantar o mau. A tintura do arumã é sagrada devido sua constituição ser comparada a do ser humano. O cocar Kayapó simboliza a própria aldeia. Existem padrões geométricos em nosso artesanato, marcas de cada tribo.(Juraci)

"Entendi.(Messias)

"Qual é a importância da música?(Emanuel)

"É muito importante. Tida como divina, é recebida através de sonhos. Para nós, o som é mágico, tendo grande importância na constituição do cosmo e em curas. Não se dissocia do sagrado. As cantorias mostram histórias tradicionais de nosso povo. Não há misticismo sem música. Celebramos também na música o amor e a saudade.(Juraci)

"Interessante. Ouvir música me distrai e me emociona. Para mim também é sagrada.(Emanuel)

"Mais uma herança nossa.(Juraci)

"Qual foi a primeira contribuição da identidade indígena á cultura portuguesa?(O vidente)

"Logo quando chegaram aqui, nós ensinamos aos brancos técnicas de sobrevivência na selva em relação às situações perigosas e orientação. Em todos os projetos implantados nesta terra lá estávamos servindo como guias e serviçais. Durante toda a colonização marcamos presença em ocasiões importantes a exemplo das guerras e atuando como trabalhadores nas frentes de expansão agrícola e extrativista.(Juraci)

"Cite outras contribuições importantes.(Solicitou Messias)

"Na língua portuguesa, enriquecendo-a com diversas palavras: Iguaçu, Manaus, Ubiratam, Xavante, etc.Nos conhecimentos culinários a exemplo dos produtos derivados de mandioca e nos conhecimentos em medicina tradicional chegando a dominar cerca de duzentas mil espécies de plantas medicinais. Há muitas possibilidades de existirem soluções para muitos dos males atuais da humanidade. A biopirataria é o maior inimigo com muitos homens de má-fé usurpando os direitos de propriedade intelectual coletiva dos indígenas. A população indígena é a principal defensora de nossos recursos naturais.(Juraci)

"Ótimo.(Messias)

"Por hoje é só. Temos que cuidar dos nossos afazeres e nos preparar para a noite que promete ser longa.(Juraci)

"Está certo.(Messias)

"Está bem.(O vidente)

"Qual o próximo passo?(Emanuel)

"Buscar alimento para o jantar. Estão dispostos?(Juraci)

"Sim.(Os outros)

"Então vamos.(Juraci)

A ordem do chefe da expedição é acatada. Saem os quatro a passeio ao derredor da barraca. Escolhendo uma trilha menos complicada, nossos amigos começam a trilhar o caminho em busca da sobrevivência. Já era um pouco tarde e eles teriam um curto prazo para alcançar os objetivos atuais. O clima era bom, o céu azul, pássaros gritavam em debandada voltando para a copa das árvores e com isso tudo conspirava para o sucesso da empreitada. O que os esperava no futuro? Como seria dormir numa terra considera sagrada para os residentes do local? Certamente teriam grandes surpresas e era pessoalmente uma honra ter a oportunidade de viver uma experiência semelhante da que foi na montanha. A mudança referia-se aos personagens que eram diferentes a exceção do próprio autor da história.

Completando quinhentos metros de percurso, com a orientação do anfitrião, eles chegam num pomar e numa cultura plantada. Recolhem goiaba, banana, coco e mandioca. De lá eles andam alguns metros e encontram um lago. Demonstrando uma habilidade incrível, o hospedeiro pesca alguns peixes. Pronto. O banquete da primeira noite estava completo. Assim que terminam, eles iniciam o trajeto do percurso de volta.

O trio dos filhos da luz fica satisfeito com os resultados. Convencem-se de que aquela fora a melhor escolha, conviver com um sábio selvagem e aculturado era realmente formidável. Juraci reunia às duas forças opostas e apresentava-se como elo entre o passado e o presente de seu povo. Entrar em contato com isso era uma grande dádiva que os outros deviam aproveitar para desfrutar.

Foi num ambiente de quietude e paz que eles concluem o trajeto. Ao chegar, eles acendem uma fogueira e usando dos utensílios disponíveis começam a cozinhar os peixes. O preparo fica por conta do vidente, um mestre na culinária. Já os outros esperam pacientemente.

Quando os peixes ficam prontos, eles os dividem igualmente entre si num grande ritual de comunhão. Entre eles, não existia egoísmo ou disputa, eram filhos-irmãos do mesmo pai espiritual. Eram "frutos da terra" verdadeiramente. Após, concluem a refeição comendo as frutas.

A noite surgiu em toda a mata. O frio e a escuridão descem na terra. Nossos amigos ficam próximo da fogueira com o objetivo de esquentar-se. Inevitavelmente, uma conversação se inicia entre eles.

"Proponho um exercício entre nós. Já ensinei uma boa parte de minha sabedoria para vocês, agora é a vez vossa de partilhar um pouco de suas vidas. Comentem as observações relacionadas com o momento em que estamos vivendo.(Pediu Juraci)

"Este momento está sendo crucial para minha vida. O reencontro com meu velho amigo de guerra reacendeu algumas marcas do meu passado que são dolorosas. Ao mesmo tempo, resgatou minha auto-estima fazendo-me sentir útil. Sei que ao final desta aventura não seremos mais os mesmos.(Depôs Messias)

"Sinto o mesmo, amigo. Este instante é um marco importante de nossas vidas.(Juraci)

"Vir aqui foi uma grata surpresa. Eu não conhecia o passado do meu pai nem muito menos estava consciente da importância das etnias indígenas para o meu povo. De quebra, estou mais uma vez ao lado do meu ídolo maior.(Emanuel)

"Obrigado, meu colega de aventuras. Estar aqui com vocês em mais uma aventura da minha série é precioso. Espero contribuir ainda um pouco mais para a literatura, visando o bem-estar dos leitores e aprender o segredo da terra. Estou com esperanças de realizar-me profissional e espiritualmente.(O filho de Deus)

"Com certeza é enriquecedor para todos nós. Todos aqui merecem a felicidade, o sucesso e o bem maior. Temos que fazer nossa parte para que os espíritos do bem possam agir e nos abençoar. Talvez não tenhamos tudo o que perseguimos, mas certamente teremos o que merecemos.(Juraci)

"Eu acredito.(O vidente)

"Com quem aprendeu ter tanta fé?(Indagou Messias)

"A vida e meu pai me ensinaram. Foram tantos fracassos, desilusões, rejeições, sufocos que aprendi e cresci. Com a bênção do meu pai, hoje sou um homem transformado.(O filho de Deus)

"Muito bem! Que bom ver você feliz! O nosso futuro será glorioso.(Messias)

"Amém.(Divinha)

"Este é o nosso filho de Deus, um homem bacana, otimista, generoso, caridoso e acima de tudo humano. Desde que o conheci, tenho uma profunda admiração pelo seu trabalho e sinto orgulho de fazer parte desta série.(Emanuel)

"Obrigado pelo elogio. Sem vocês, também não sou nada.(Aldivan)

Lágrimas de emoção escorrem pelo rosto do pequeno sonhador diante das lembranças de outrora. Os seus colegas de aventura aproximam-se e juntos dão um abraço múltiplo. Era tudo o que o nosso ídolo precisava para sentir-se confortável, feliz e realizado. Eram novos tempos, de pujança, prosperidade e sucesso o qual teria que administrar. Pelo menos agora tinha perspectivas.

Quando fica mais calmo, a pequena reunião é desfeita e eles continuam a aproveitar a noite entre mais conversas, observação do céu estrelado e reflexão. Sem perceber, o tempo passa e eles sentem o cansaço devido ao esforço dos corpos durante o dia. De comum acordo, resolvem dormir. O próximo dia traria mais novidades.

<u>*Hipóteses de origem do povo indígena*</u>

Um novo dia surge. Pássaros cantam, a brisa fresca da manhã invade o ambiente da cabana e o sol surge vigoroso no horizonte. Logo cedo, nossos amigos despertam e tratam de realizar suas atividades matinais. Levantam, preparam o desjejum, servem-se e ao concluírem estas etapas iniciam os debates referentes ao próximo desafio cujos principais trechos estão descritos abaixo:

"De onde surgiu a humanidade?(Emanuel)

"Somos descendentes do Homo sapiens que tiveram origem na África há cerca de duzentos mil anos. De lá, saíram as primeiras correntes migratórias inicialmente para o Oriente Médio espalhando-se pela Europa e Ásia. As populações ficaram isoladas e adaptaram-se aos respectivos ambientes desenvolvendo características próprias.(Explicou Juraci)

"Super interessante.(Emanuel)

"Especificamente qual é a origem do povo americano?(Messias)

"Os ameríndios são descendentes do grupo que povoou a Ásia. Provavelmente, a passagem foi realizada pelo estreito de Bering durante a era do gelo. A queda de temperatura formou blocos de gelo rebaixando o nível do mar e deixando exposto à terra criando essa ligação. Deste ponto, a população deslocou-se para o centro e sul da América.(Juraci)

"Ciência pura.(Messias)

"Qual o povo mais antigo das Américas?(O vidente)

"Não se sabe ao certo. Reconhecidamente, temos os povos de Clóvis que habitavam em Novo México-Estados Unidos cujos registros apontavam para quinze mil anos atrás. Porém, há índices de que existem civilizações ainda mais antigas.(Juraci)

"Entendi.(O vidente)

A colonização

"Como viviam a população nativa antes da chegada dos portugueses?(Emanuel)

"Isolados pela Cordilheira dos Andes, mantinham hábitos silvícolas praticamente vivendo ainda na pré-história desconhecendo tecnologias comuns como a roda, o espelho e as armas de fogo. Portanto, a chegada dos portugueses foi um choque para nós.(Juraci)

"O que aconteceu logo após o início da colonização?(Messias)

"Começou o processo de aculturação. A cultura europeia logo se impôs devido a sua superioridade. Para o estrangeiro, éramos apenas peças que estavam entregues á sua ganância. Esta mentalidade propiciou um dos maiores massacres étnicos de toda a história da humanidade.(Juraci)

"Qual foi o papel dos grupos religiosos nesta época?(O vidente)

"Participaram ativamente do processo de colonização. Os missionários atuavam como evangelizadores, pacificadores, professores, médicos e artistas em geral suprindo as necessidades das populações locais. Formaram-se vilas administrados pelos párocos onde os índios eram protegidos das barbáries. A parte triste é que foi perdido grande parte de nossas raízes culturais neste processo.(Juraci)

"É realmente uma pena.(O vidente)

"Verdade.(Juraci)

"Quais foram os benefícios da colonização para a população indígena?(Emanuel)

"Sem dúvidas foi a tecnologia. Muitos nativos deixaram suas aldeias e foram viver junto ao branco. Exemplos dos benefícios foram: O anzol que facilitou a pesca; O uso do machado de metal diminuiu o trabalho de se cortar as coisas; A introdução de espécies como a banana, a jaca, a manga e a laranja ofereceu variedade alimentar para a tribo; A introdução do cavalo e do gado facilitou o transporte; A aragem da terra nas lavouras; A domesticação do cachorro entre outros.(Juraci)

"O que foi basicamente a corrente romântica conhecida como Indianismo?(Messias)

"Ocorreu no século XIX. O índio passou a ser denominado de "Bom selvagem". Derivada do Iluminismo, o índio foi tido como dono de uma boa moral sendo uma vítima do processo de aculturação. Esta concepção foi adotada pelo governo pondo em prática uma ampla reforma em quase todos os setores. Do nosso lado, porém, a situação era bem diferente. A sociedade branca não nos aceitava como iguais permanecendo o processo de escravidão. O resultado disso é que a população reduziu-se de cinco milhões para apenas seiscentos mil.(Juraci)

"Quais os outros motivos para uma queda tão vertiginosa desta população?(Messias)

"Além da escravidão, guerras e perseguições a grande mortalidade deveu-se ao contágio de doenças trazidas pelos europeus contra os quais os índios não tinham imunidade por viverem muito tempo isolados.(Juraci)

"Triste.(Messias)

"O que aconteceu com essa população sobrevivente?(O filho de Deus)

"Grande parte foi aculturada e com o passar dos anos já não se considera indígena.(Juraci)

"Sobrando um pequeno número atualmente que preserva as tradições como exemplo esta tribo.(Aldivan)

"Exatamente meu caro.(Juraci)

Educação indígena

"O que se entende por educação indígena?(Emanuel)

"Refere-se ao processo próprio de transmissão e produção de saberes indígenas, enquanto a educação escolar engloba conhecimentos indígenas e não-indígenas. É uma instituição necessária para inserir o indivíduo no contexto da sociedade.(Juraci)

"Qual a concepção que vocês têm sobre a educação?(Messias)

"Antigamente havia uma resistência de nossa parte, pois acreditávamos que a educação escolar era um meio exclusivo de aculturação. Este conceito foi mudando com o passar do tempo e hoje acreditamos ser a educação um processo fundamental de fortalecimento da identidade e cultura indígenas.(Juraci)

"Tempos modernos.(Observou Messias)

"Tudo muda.(Juraci)

"Como é a prática pedagógica praticada nas aldeias?(O vidente)

"Integra os elementos relacionados entre si:O território, a língua, a economia e o parentesco. Os mais complicados de se trabalhar são o território e a língua.(Juraci)

"O que são ciclos pedagógicos e que fases marcam?(O vidente)

"Em nossa cultura os ciclos são etapas que marcam as várias etapas da vida. Os principais são: A vida anterior ao nascimento: É considera uma bênção o anúncio de uma gravidez sendo festejada com compromissos estabelecidos pelos pais, familiares e pela comunidade. O objetivo é proteger a criança e garantir seu desenvolvimento integral até a fase adulta. Cabe destacar não haver preconceito entre nós mesmo que a criança nasça deficiente. Ensinamos também aos nossos filhos os valores da caridade e generosidade; O nascimento: É sempre um momento sagrado para nós, cheio de rituais e cerimônias. Nesta etapa, a criança é benta pelo pajé sendo apresentada aos seres da natureza para que ninguém faça mal a ela. A educação familiar é de responsabilidade dos pais e avós. A aprendizagem se dá através de observação, da experimentação e da curiosidade; transição da infância para a fase adulta: os ritos de passagem representam uma espécie de colação de grau. Este momento é o ideal para que os jovens demonstrem estar preparados para assumir sua responsabilidade como integrante da sociedade. Precisam também dominar os ofícios específicos para seu gênero. Entre os desafios impostos estão testes de sobrevivência, grupo de conselhos e solenes festas; vida madura: É a velhice propriamente dita e a obrigação nesta fase é repassar todos os conhecimentos adquiridos ao longo da existência para os filhos e netos. Em nossa cultura, os velhos são tão respeitados quanto os jovens. (Juraci)

"Bem exótico.(O vidente)

"Quais as principais críticas dos indígenas aos processos pedagógicos adotados em suas escolas formais?(Emanuel)

"O modelo de ensino indígena reproduz o sistema escolar do branco; Diretrizes, objetivos, currículos e programas não são adequados ao contexto das comunidades; O material didático é insuficiente; Não existe supervisão pedagógica; Dificuldade em fixar os educadores na comunidade devido à ausência de moradias dignas, transporte e alimentação; A alimentação nas escolas é insuficiente; Barreira linguística.(Juraci)

"Existe muito que se avançar.(Emanuel)

"Bastante.(Concordou Juraci)

"Em que consiste a declaração de princípios do Movimento dos professores indígenas do Amazonas?(Messias)

"Serve como parâmetro para o que pensamos sobre escola e seus objetivos. Seus argumentos são: As escolas indígenas devem ter currículos e regimentos específicos elaborados pela comunidade indígena; Na própria aldeia, deve-se indicar a direção e supervisão das escolas; A cultura, a arte e a língua próprias devem ser valorizadas; Os representantes da comunidade indígena devem ter acesso aos órgãos públicos responsáveis por sua educação; Qualificação dos professores; Isonomia salarial; Garantia de continuidade escolar; Direito á saúde e á educação integrada; Equipamentos suficientes para atividades de pesquisa; Uso da língua materna; A escola deve cumprir um papel de defesa do território e biodiversidade; Exige-se a verdade sobre a cultura e história do povo indígena em outras escolas; Reconhecimento oficial do ensino por parte do Ministério da Educação; Deve garantir-se uma coordenação escolar nacional com a participação dos professores indígenas.(Juraci)

"Ótimo. São muitas as reivindicações, mas suponho serem poucas as ações.(Messias)

"Exatamente, meu caro.(Juraci)

"O povo indígena é famoso por ter seu próprio meio de ensino-aprendizagem. O que se mantêm atualmente?(O vidente)

"Temos algumas especificidades. A família e a comunidade são responsáveis pela educação dos filhos sendo que este ensino é voltado para a realidade prática: na caça, pesca, agricultura, artesanato, medicina, natureza e em outras atividades importantes. Os conhecimentos dos chefes estão ao alcance de todos; perpetuamos bons valores como a observação, a caridade, o amor e a cooperação. Todos estão integrados num processo de ensino-aprendizagem.(Juraci)

"Quais os principais princípios determinados pela convenção 107 da OIT?(Messias)

"Universalização do direito da educação formal; Consideração da realidade sócio-econômica diferenciada; O combate ao preconceito contra os povos indígenas; O reconhecimento oficial das línguas indígenas.(Juraci)

"Qual a realidade atual da educação indígena?(Messias)

"Com a instrumentalização legal através da Lei de diretrizes e bases, o governo tem destinado grandes recursos para a educação indígena dentro e fora das reservas inclusive em cursos superiores. Envolvendo diretamente os nativos, agrupados em associações, existe uma grande dificuldade em implantar um ensino que preserve as tradições dos antepassados devido à complexidade do tema.(Juraci)

"Qual é o objetivo da educação indígena e quais são as dificuldades encontradas?(O vidente)

"Busca-se um perfil flexível adaptável as necessidades das comunidades preservando-se a língua materna e material didático elaborado por professores indígenas. A maior dificuldade é a precariedade das infra-estruturas educativas nas aldeias segundo estudo de Rangel& Liebgott.(Juraci)

"Que tipo de carências seriam essas?(O vidente)

"Falta de instalações e de transporte, merenda escassa, insuficiência de professores e de materiais didáticos como já foram citados. Agora, eu faço uma pergunta. Como está sendo divulgado nossa cultura entre os brancos atualmente?(Juraci)

"Hoje, o tema indígena faz parte do currículo escolar em todas as faixas de graduação. Há muitos museus, pontos de cultura, grupos e institutos os quais se dedicam a divulgar a riqueza e a diversidade do patrimônio arqueológico, artístico e histórico de seu povo.(O vidente)

"Que bom! Espero que estejam falando bem de nós.(Juraci)

"Com certeza. É o mínimo que podemos fazer para minimizar um passado injusto e tenebroso.(O vidente)

"Bem. Que tal se fizermos um intervalo? Já estou com um pouco de fome.(Emanuel)

"Ótima ideia. Também estou esfomeado.(O vidente)

"Que acha, amigo Messias?(Juraci)

"Aprovo. Já se passou um bom tempo.(Messias)

"Se todos concordam, quem sou eu para me opor? Vamos preparar o almoço. Conto com a ajuda vossa?(Juraci)

"Sim.(Os outros)

Os quatro mosqueteiros vão cumprir a tarefa. Com os ingredientes que sobraram do dia anterior, começam a preparar os diferentes pratos possíveis. Todos cooperam nos trabalhos o que demonstra a grande união que existia entre eles. Se permanecessem com este espírito de luta nada seria impossível para o grupo que já conquistara o mundo inteiro através de suas belas aventuras. Estávamos na terceira etapa. A primeira iniciara um ciclo de aprendizagem nos quais eles se formaram como mestres da luz. Na segunda, o objetivo era ajudar um amigo a recuperar-se de suas "Marcas Feridas" e, em simultâneo, conhecer-se um pouco mais. Tiveram sucesso nas duas e estavam bem encaminhados agora.

O almoço fica pronto. Dividindo igualmente entre si, eles começam a alimentar-se. Este instante era considerado sagrado para eles predominando o silêncio, a contemplação e a reflexão. Havia muito a considerar após alguns dias na mata num lugar isolado. Deixaram tudo para trás: trabalho, compromissos sociais, família e o seu próprio mundo. Ali, eram como crianças aprendendo a dar seus primeiros passos e não havia nada melhor que conhecer suas origens.

Ao terminar de comer, uma nova reunião é programada para começar imediatamente.

Saúde

"Como era a saúde indígena antes da chegada dos portugueses?(Emanuel)

"Segundo relatos, os nativos tinham corpos mais robustos e fortes do que os europeus, pois eram exercitados nas artes militares, na produção de artefatos, na construção de cabanas, nas atividades físicas, na caça, na pesca, na agricultura, nos esportes. Antigamente, tinham índios que viviam até a velhice avançada com saúde conhecendo até quatro gerações de descendentes.(Informou Juraci)

"Como era a medicina daquela época?(Messias)

"As práticas de cura tinham caráter ritual, possuindo conotação religiosa com as doenças sendo atribuídas aos poderes sobrenaturais. Na medicina, usavam-se ervas, produtos animais e procedimentos invasivos a exemplo da sangria e escarificações. Os agentes da saúde comumente eram o pajé, rezadores, benzedeiras, conhecedores de ervas e parteiras. Diversos conhecimentos foram aproveitados pelos colonizadores e incorporados ao sistema de saúde indígena atual.(Juraci)

"Conte-nos resumidamente o histórico de saúde de seu povo.(O vidente)

"Como já citado, com a chegada dos portugueses no território brasileiro, houve inúmeras epidemias de doença que dizimaram populações inteiras com este problema persistindo até os dias atuais. Os órgãos que se responsabilizam pela nossa saúde são a Fundação Nacional do índio e a Fundação nacional de Saúde. Em 1990,o sistema foi descentralizado criando-se o subsistema de atenção á saúde indígena e trinta e quatro distritos sanitários. Porém, o atendimento foi sempre irregular. Em 2010,pressionado, o governo criou uma secretaria especial para tratar da questão vinculada ao Ministério da Saúde. Há também os conselhos Indígenas de Saúde que contam com a participação de membros da comunidade. Mesmo com esta aparelhagem, as carências persistem.(Juraci)

"Quais as epidemias comuns entre os indígenas?(Emanuel)

"Anemia, diarreia, tuberculose, doenças de pele, infecções respiratórias, obesidade, hipertensão arterial, diabetes mellitus e desnutrição. Predomina a pouca cobertura e a baixa capacidade de resolução dos serviços disponíveis.(Informou Juraci)

"Quais as maiores dificuldades que vocês encontram em termos de saúde?(Messias)

"Os problemas ocorrem devido ás múltiplas realidades culturais impedindo uma política única de saúde,á falta de preparo técnico,ás grandes distâncias e o difícil acesso ás aldeias,á infra-estrutura precária e a falta de verbas.(Juraci)

"Quais são os avanços alcançados ultimamente?(O vidente)

"O grande crescimento populacional,a formação de muitos profissionais de saúde indígenas e uma importante redução na mortalidade infantil.(Juraci)

"Qual é o conceito indígena para as doenças?(Emanuel)

"Para nós, não existe doença natural, hereditária ou biológica. Ela sempre é merecida moral ou espiritualmente. Há duas formas de contrair doenças: Provocada por pessoas(Trabalhos feitos) ou provocadas pela natureza(Reação a um ato seu).(Juraci)

"Muito interessante. E como seriam estas ações?(Emanuel)

"O homem assim como os espíritos que o rodeiam tem um lado bom e outro mal. Quando há um conflito entre estas duas forças é no momento que se origina a doença.(Juraci)

"Incrível. Nunca ouvira falar sobre isso.(Emanuel)

"É uma nova visão de mundo. Que bom estar aqui.(O vidente)

"Está sendo uma honra, amigos.(Juraci)

"Qual seria o conceito de vocês para a natureza?(Messias)

"A natureza também é dual, composta por seres naturais e espirituais formando um todo. Todas as coisas têm alma desde uma simples planta, pedra ou até mesmo o ser humano.(Juraci)

"Qual é o principal agente da saúde numa tribo?(Emanuel)

"Neste papel está o pajé, um sábio conhecedor dos segredos da natureza.(Juraci)

"Qual é o papel específico do pajé?(Emanuel)

"Tem a função de administrar e manter o equilíbrio natural das coisas, garantindo a sobrevivência de todos. Tem o poder de curar ou mesmo provocar doenças e morte com o objetivo de restabelecer o equilíbrio natural. É também um protetor da natureza.(Juraci)

"Beleza. Entendi. Muito legal.(Emanuel)

"Cite algumas crendices do seu povo relacionadas á saúde.(Pediu O vidente)

"Não se pode comer carne crua, pois isto pode provocar doenças estomacais. Após ter contato com a natureza, não se pode comer nada sem antes tomar banho porque pode provocar febre, dores de cabeça ou dor de dente. Mulheres menstruadas não podem ir para a mata ou ao rio, pois são vulneráveis aos ataques espirituais ocasionando a loucura ou o nascimento de crianças deficientes.(Juraci)

"Ótimo.(O vidente)

Políticas públicas do estado aplicado aos nativos

"Conte-nos um pouco sobre a chegada dos portugueses e as consequências advindas deste fato.(O vidente)

"Logo que chegaram, os brancos deram o início a um processo gradativo de reorganização de nossas terras. O avanço da colonização significou uma extinção em massa dos nossos povos em razão de guerras, doenças transmitidas e a aculturação. Este processo começou no litoral e gradualmente foi alcançando o interior.(Explicou Juraci)

"Qual é a população atual indígena e de que forma é distribuída?(Messias)

"Segundo o censo de 2010 do IBGE(Instituto brasileiro de geografia e estatística) somos 896,9 mil indígenas distribuídos em 688 reservas e algumas áreas urbanas. Temos também trinta e dois grupos ainda não contatados segundo a Fundação Nacional do índio.(Juraci)

"Qual o marco que permitiu realçar a questão indígena?(Emanuel)

" Foi o processo de democratização durante a década de oitenta que incentivou a ampla discussão da nossa questão e a atuação de nossa própria comunidade.(Juraci)

"Mas a realidade começou a mudar quando?(Emanuel)

"A partir da promulgação da constituinte de 1988,é que houve uma alteração do paradigma conceitual e jurídico da política indigenista. Ficou garantido a autonomia e os direitos específicos de nosso povo. Garantiu também o nosso direito ao usufruto de nossas terras tradicionais. Houve também o decreto n.7056/09 que reestruturou os órgãos indigenistas.(Juraci)

"Qual o fenômeno mais recente entre vocês?(O vidente)

"Uma intensa desconcentração de ações o que pressupõe um compartilhamento de responsabilidades entre os órgãos envolvidos.(Juraci)

"Como está se desenvolvendo este fenômeno?(O vidente)

"Ele não foi incorporado amplamente de forma que muitas vezes a FUNAI seja instada a manifestar-se cujo objeto não compete a autarquia.(Juraci)

"Como se encontra as cooperações entre os órgãos?(Messias)

"Temos vários exemplos de cooperação entre a FUNAI e os outros órgãos embora em termos de resultados reais seja apenas uma medida paliativa, pois envolve interesse político.(Juraci)

"Que sugestão você daria para melhorar esta realidade?(Emanuel)

"A criação de um sistema nacional que possibilitaria uma maior integração dos objetivos gerais do meu povo.(Juraci)

"Quais são os conceitos de proteção e promoção referentes á questão indígena?(Messias)

"O conceito de proteção garante a não-violação dos direitos indígenas e o conceito de promoção rompe com o histórico assistencialista e clientelista das políticas públicas.(Juraci)

"Como anda a questão da violência entre vós?(Emanuel)

"O índice de criminalidade aumentou vertiginosamente devido ao fácil acesso á áreas indígenas, ao incremento das malhas rodoviárias e hidroviárias, ao investimento em infra-estrutura no país e especialmente em razão da insuficiência de ações de promoção social, proteção territorial e segurança articulada.

"Como anda o processo de demarcação de vossas terras?(Messias)

"Conforme já citado, após a promulgação da constituinte de 1988 impôs-se uma obrigação ao estado de demarcar as terras indígenas e protegê-las.(Juraci)

"Quais os avanços em relação á proteção dos povos indígenas isolados?(O vidente)

"Avanços na localização deles, visando e viabilizando sua proteção além da consolidação de sua posse plena de seus respectivos territórios. Constituição de programas de políticas públicas específicos e grupos de trabalho interministerial instituídos com o objetivo de estabelecer políticas especiais de saúde para eles.(Juraci)

"Qual é a missão da FUNAI(Fundação nacional do índio) e quais as maiores dificuldades enfrentadas pelo órgão?(O vidente)

"Coordenar o processo de formulação e implementação da política indigenista do estado brasileiro, instituindo mecanismos efetivos de controle social e de gerenciamento participativa visando á proteção e promoção dos povos indígenas. Em relação às dificuldades, as principais são: Deficit de pessoal e insuficiência de recursos(Juraci)

"Beleza. Ótimo.(Aldivan)

Os índios na atualidade

"Fale-nos um pouco do processo de aculturação.(Solicitou Messias)

"Desde á chegada dos portugueses, nossa relação tem sido bastante problemática. Com o início da colonização, o processo de aculturação foi inevitável e com isso perdemos grande parte de nossa identidade. Prevaleceu a lei do mais forte.(Lamentou Juraci)

"Qual é o reflexo real deste processo?(Messias)

"Os conflitos por terra que resulta em expulsão de muitos povos indígenas de suas terras, a perca de tradições e cultura além da destruição em massa da população por conta de doenças, pobreza, drogas, prostituição e violência.(Juraci)

"Quer dizer que esta situação perdura desde a colonização?(Emanuel)

"Exatamente. Foi um genocídio sistemático.(Juraci)

"Qual é a maior reivindicação de vocês no tempo atual?(O vidente)

"A posse de nossas terras. Por conta dos graves conflitos, somos forçados muitas vezes a abandoná-la e morar em cidades e enfrentamos uma situação de sobrevivência ainda pior.(Juraci).

"Há algo positivo revelado nos últimos anos?(O vidente)

"Nossa conscientização política cresceu, temos apoio de órgãos diversos e estamos mobilizados através de associações a exemplo da"Articulação dos povos indígenas do Brasil" que nos representa nacionalmente.(Juraci)

"Cite aspectos da articulação interna do seu povo.(Messias)

"As primeiras associações indígenas surgiram da década de setenta devido a um processo de conscientização das tribos organizada pela Igreja Católica. O debate da constituição de 1988 fortaleceu o processo e foi recentemente alcançado uma integração poderosa ao nível nacional através da Articulação dos Povos Indígenas do Brasil(APIB).(Juraci).

"Com o passar do tempo ocorreu a miscigenação indígena com outras raças?(Emanuel)

"Sim, mas este processo não foi tão intenso quanto a miscigenação entre portugueses e africanos. Segundo dados da FUNAI(Fundação Nacional do índio), vinte e cinco por cento da população indígena da Amazônia já mora em cidades e apenas a metade considera-se indígena. Já os ascendentes indígenas são vários milhões.(Juraci)

"Tecnicamente estes ascendentes são considerados indígenas?(Emanuel)

"Não. Os índios autênticos declinaram muito desde a colonização. Estimam-se que na época do descobrimento no Brasil tinham mil povos e um total de cinco milhões de pessoas. Na década de sessenta, eram apenas cento e vinte mil. O governo então agiu e através de programas de auxílios conseguiu fazer com que essa população crescesse novamente. Segundo dados do recenseamento de 2010 a população indígena é de 817.963 indivíduos(Juraci)

"O que é etno gênese?(o vidente)

"É um processo em que grupos miscigenados requerem a condição de povo indígena. É um processo de fundo social e político que se baseia na auto-identificação. Para alguns, não merecem o mesmo tratamento dos índios puros e, em simultâneo, não são civilizados correndo um grande risco de perderem seus direitos.(Juraci).

"Qual é a situação atual da demarcação das reservas indígenas?(Messias)

"Com a criação em 1961 do parque indígena do Xingu(A primeira reserva indígena brasileira) deu o combustível necessário para que também outros povos lutassem por sua autodeterminação e direito às terras. Recentemente, através da Política Nacional de Gerenciamento ambiental e territorial de Terras Indígenas é possível ter boas perspectivas neste sentido.(Juraci).

"Qual o modelo de cessão de terras praticado no Brasil?(Messias)

"No modelo brasileiro, as reservas são patrimônio inalienável da União cedidas para posse e usufruto vitalício de nós, indígenas.(Juraci)

"Que recado você daria ao homem branco em relação ao cumprimento de suas reivindicações?(Emanuel)

"A condição primordial para uma boa relação entre nós é a garantia de nossa terra. Não há outra maneira senão esta de garantir o nosso acesso á vida, á cultura e a uma existência digna.(Juraci).

"Quais as consequências dos intensos conflitos relacionados á posse da terra?(O vidente)

"A destruição de nossas raízes. Com o avanço da aculturação e da pressão, já são raras as tribos que vivem de acordo com suas antigas práticas. Forçosamente devido às péssimas condições de vida, ocorre a emigração indígena para as cidades.(Juraci)

"De que forma o desenvolvimento atual atinge o povo indígena?(Messias)

"Com a exploração de nossas terras, nosso meio ambiente é destruído e poluído. Exemplos disso são os projetos de mineração, usinas hidrelétricas, exploração madeireira, agropecuária, grilagem de terras e obras de infra-estrutura. Sem contar que não ganhamos praticamente nenhuma compensação sobre isso.(Juraci)

"Que outras dificuldades vocês têm?(Messias)

"Os modelos produtivos adotados por nós complica o estabelecimento de políticas eficazes. Não temos instituições formais de produção e distribuição de produtos. Também não temos o aparato tecnológico dos brancos. Geralmente nossa economia é de subsistência.(Juraci)

"Quais os critérios de auto-definição mais aceitos pelo seu povo?

"Respeito às tradições; Amor á terra; Regras definidas; Língua, cultura e religião definidas; Identificar-se como índio e vincular-se ao seu povo.(Juraci)

Uma parada é promovida sendo decidido por consenso o encerramento dos trabalhos do dia. Pouparia suas forças para o outro dia com assimilação de novos conhecimentos. Até ali, estava sendo bastante enriquecedor o contato do homem branco com um dos nativos remanescentes. Sua cultura era muito vasta e importante.

A tarde já caía e eles ocupam-se em alguns trabalhos. Vão buscar alimento na mata e ao consegui-lo, retornam a cabana para preparar o jantar. O momento é de grande desconcentração no grupo com a empatia aumentando entre eles. Havia algo possível para aqueles sonhadores? Provavelmente não, pois já demonstraram nas aventuras de outrora do que eram capazes. Eram batalhadores, guerreiros e acima de tudo crentes. Juntos, formavam um quarteto fantástico destinados a conquistar o mundo. Eram merecedores disso.

Quando o jantar fica pronto, eles repartem entre si o alimento disponível: cozido de galinha com xerém. Estava uma delícia e eles aproveitam o intervalo da comida para trocar entre si informações importantes. Nada podia dar errado para suas pretensões.

Confiantes, felizes, dispostos e realizados nossos quatro mosqueteiros estavam conscientes de seu papel na contribuição da cultura brasileira. Cada um deles era dono de uma cultura inigualável que devia ser repassada para o bem comum. Faziam a parte do grupo dos "Filhos da luz" e com isso apresentavam uma identidade própria.

Concluído o jantar, eles aproveitam o restante da noite ao redor da fogueira contando cada um causo de sua vida pessoal.

"Eu me sinto um felizardo na minha vida pessoal e profissional. É verdade que ainda não conquistei tudo, mas minha atitude de vida mostra o quão grande homem eu sou. Posso definir minha vida em três momentos importantes: infância, A noite escura da alma e fase atual. A minha infância foi marcada pela opressão e amor familiar, as dúvidas, a reclusão, a miséria, a descrença, o preconceito, o medo e a falta de ação. Ser menino foi ótimo e, em simultâneo, um grande desafio. Cheio de sonhos impossíveis, cresci com o hábito da leitura me sustentando dia após dia. Sem condições naquela época, tudo não passava de um mero desejo. Tornei-me adolescente e comecei a enfrentar a dura realidade dum país em desenvolvimento. Ao terminar os estudos, não consegui uma colocação no mercado de trabalho e então sobreveio a depressão e em seguida um período de trevas. Todos me abandonaram restando apenas minha família, meu pai espiritual e meu anjo. Por isso, faço questão de dizer que a família por pior que seja é uma parte importante de minha vida porque está sempre presente nos bons e maus momentos. Adoeci gravemente dos nervos nesta etapa da minha vida, o que trouxe mais complicações. Com isso, uma parte de mim, morreu e nunca mais fui o mesmo. Mas o que eu tinha para reclamar? Eu estava vivo e bem melhor do que outras pessoas. Quando se chega ao fundo do poço, é necessário ter uma visão crítica e ver que esse poço não é tão fundo assim. Existem os acometidos de doenças incuráveis, existem os órfãos, os menores de rua, existem os sem amor, existem os sem esperança e existem os maldosos que não tem o privilégio de amar. Eu sempre amei e acreditei mesmo estando nas garras das trevas. O ponto de resgate foi quando meu anjo impediu-me de voltar a certo centro espírita. Dali por diante, prometi mudar e, em contrapartida, meu Deus apoiou-me constantemente. Superei minha noite escura, voltei a estudar e arranjei um trabalho. Na fase atual, tornei-me adulto e retomei a atividade da escrita. Apesar de ser um desconhecido, tenho certeza que estou cumprindo meu papel para a disseminação da cultura num país tão necessitado como o nosso.(O vidente).

"Nasci na tribo Xucuru e desde cedo aprendi com meus pais o valor da minha cultura e a da terra em si. Reconheci-me sendo um fruto da terra a todo o momento. Por dissidência políticas, fui exilado do convívio do meu povo e tive que trabalhar duramente numa fazenda em Ibimirim. Lembro-me bem das tarefas penosas, do chicote, das privações e da incerteza do amanhã. O que restou de bom dessa época foram os amigos. Entre eles, o querido Messias. Após, recebi a anistia por parte do chefe do meu povo e então voltei para minha terra. Tinham se passado longos anos e com uma nova visão eu já não era o mesmo. Meu objetivo era usar do meu conhecimento do homem branco para tentar preservar a minha cultura. O tempo foi passando e com ele foi adquirindo novas experiências. Hoje, sou o que sou e me orgulho bastante. Sou um homem realizado.(Juraci)

"Vim ainda bebê da Itália e logo que me entendi de gente amei esta terra. Chegamos a são Paulo para trabalhar nas fazendas de café. Devido a graves desentendimentos, mudamos para o nordeste e aqui trabalhei numa fazenda. Nela, conheci meu grande amigo Juraci. O sofrimento fortalecia nossa amizade e passamos belos momentos juntos. Depois da separação, tivemos pouco contato, mas o sentimento não mudou. Cresci, tive um belo filho e me tornei mestre da luz. Olhando para tudo o que passou, eu me vejo da mesma forma. A diferença é que estou mais experiente.(Messias)

"Minha família é de origem italiana, mas nasci em um berço brasileiro. Aprendi com meu pai os bons valores que um homem deve ter. Apesar das grandes dificuldades enfrentadas temporalmente somos felizes. Meu maior feito foi ter salvado a vida do filho de Deus no momento que ele mais precisava. Foi uma bênção conhecê-lo e estar participando desta série literária tão importante.(Emanuel)

"Ótimo. Nossas histórias pessoais revelam um pouco de nossa personalidade. O importante é ter consciência do que foi vivido, esquecer as mágoas e as dores tentando ser feliz.(O vidente).

"Sim. Nosso objetivo é este.(Juraci)

"Qual o próximo passo?(O vidente)

"Tentar dormir após um dia cheio de debates. Ainda há muito a considerar sobre as tradições do meu povo.(Juraci)

"Sim.(O vidente)

"Ótimo. Estou mesmo com sono.(Messias)

"Eu também.(Emanuel)

"Então vamos.(Juraci)

O pedido de Juraci soou como uma ordem e todos se retiram aconchegando-se no chão duro e seco da cabana. Não era nada confortável, mas já estavam acostumados. A vida na selva transformava-se numa grande aventura devido á distância da família, ao abandono, á dificuldade da alimentação e aos perigos naturais. Isto enriquecia a história que já estava em seu terceiro capítulo. No primeiro, as vozes da luz, é o primeiro livro da série filhos da luz cuja temática principal é a religiosa e as relações entre as pessoas. Tem o objetivo de informar, refletir, questionar valores e nos colocar diante de fatos históricos. O segundo título, Marcas feridas, mostra que todos carregamos marcas importantes, de dor e desalento frente aos acontecimentos da vida. O que fazer com isto é o que muitas pessoas se perguntam. Marcas feridas vem trazer um roteiro e, em simultâneo, respostas para suas indagações mais inquietantes. É um livro altamente recomendado para quem ainda não encontrou o caminho da felicidade. Estas aventuras em série faziam a alegria dos leitores.

Restava agora para os nossos personagens tentar dormir.

Movimento indianista

A madrugada e a noite transcorreram normalmente com nossos amigos aventureiros tendo sonhos reconfortantes. O sol surgiu rasgando o horizonte com seus raios penetrando através das frestas da humilde cabana. A claridade natural da manhã os ajuda a despertar. Quase que concomitantemente, eles levantam e iniciam a sua jornada de responsabilidades. Era preciso realmente uma grande força de vontade e desprendimento para poderem sonhar em alcançar seus objetivos. Dentre eles, o maior no momento era desvendar a cultura indígena e repassar esse conhecimento para o público em geral. Esperavam ter sucesso.

Eles começam a preparar o café-da-manhã com os ingredientes que tinham em disponibilidade. O exercício os aproxima ainda mais criando um elo de empatia mais forte entre eles. Como era bonita aquela união a qual tinha tudo para dar belos frutos. Com um pouco de esforço, logo a comida fica pronta e eles começam a servir-se.

O momento da refeição é um momento de fraternidade e de troca entre os componentes daquele grupo. Eles aproveitam para refletir melhor sobre os últimos acontecimentos e trocar informações importantes sobre as próximas etapas da aventura. Tudo estava indo muito bem.

Terminado o café, eles reúnem-se ali mesmo e reiniciam a conversação do dia anterior.

"Qual foi um fator importante para o genocídio étnico imposto ao povo indígena?(Emanuel)

"Foi justamente a habilidade dos colonizadores em usar os desentendimentos entre os grupos para promoverem guerras internas.(Juraci)

"Qual a situação atual de convivência entre vocês?(Messias)

"Superamos as rivalidades e nos unimos em prol dos nossos direitos. A partir da década de setenta, foram criadas organizações representativas. A articulação entre esses órgãos formam o que chamamos movimento indígena organizado.(Juraci)

"O que é movimento indígena?(O vidente)

"É o conjunto de estratégias e ações que as nossas organizações planejam e executam em defesa dos interesses coletivos. Este conceito difere de organização, pois não é necessário que participemos de uma entidade representativa para podermos atuar no movimento indígena.(Explicou Juraci).

"Quais foram os primeiros frutos do trabalho de vossas entidades representativas?(O vidente)

"Conseguiram convencer a sociedade e o congresso nacional constituinte a aprovar em 1988 os nossos atacantes direitos na atual constituição federal. Houve importantes avanços também na demarcação e regularização de terras. Alcançou o desenvolvimento da ideia de uma educação escolar indígena que nos permite um ensino diferenciado e voltado para a preservação de nossas tradições. Outra conquista foi a implantação dos distritos sanitários indígenas.(Juraci)

"Como é modelo de organização de vosso povo?(Messias)

"Apropriamos do modelo do homem branco e de suas tecnologias para podermos lutar pelos nossos direitos. Isto não quer dizer que deixamos nossa essência de lado. Continuo sendo "Fruto da terra" capaz de resistir, de sobreviver e de evoluir cada vez mais preservando as tradições do meu povo.(Juraci).

"O que é organização indígena?(Emanuel)

"É a maneira pela qual um povo indígena organiza seus trabalhos, sua luta e sua vida coletiva. Os representantes comuns dessas organizações são o cacique, o tuxaua, o líder, o pajé, o professor, o agente de saúde e o pai de família entre outros.(Juraci).

"Quais os tipos de organização existentes e suas características?(Emanuel)

"Existem dois tipos de organização: A tradicional e a formal. A organização tradicional é a organização original, tendo como exemplo a aldeia. Elas seguem orientações e regras de funcionamento, de relações e de controle social a partir das tradições de cada povo. Estas organizações são dinâmicas, múltiplas, descentralizadas, transparentes, ágeis e flexíveis. As decisões são conjuntas ou acordadas. Este tipo de entidade atende plenamente às demandas internas da comunidade. Os postos de alta hierarquia da tribo são geralmente herdados de pai para filho. Esta é uma orientação cosmológica constituída desde a criação do mundo o qual orienta a vida social, política, econômica e espiritual dos indivíduos e grupos. Uma característica da sociedade tradicional que pode ser destacada é a distribuição social de posições, funções, cargos, tarefas e responsabilidade entre os componentes do grupo. Entre os subgrupos principais estão os especialistas na formação de pajés, guerreiros, caçadores, pescadores, fabricação de utensílios e artesanato. Outra peculiaridade é a ausência de poder autoritário. Já a organização formal tem caráter jurídico e formal. É um modelo com estatuto social, assembleias gerais, diretoria, conta bancária e presta contas ao estado. Estas características tornam este tipo de entidade institucionalizada, centralizada, burocratizada e personalizada. Exige-se o reconhecimento formal do estado para possibilitar seu funcionamento. Um exemplo disso são as associações cuja meta é defender o território e outras políticas públicas.(Juraci)

"Quais os aspectos de liderança em termos atuais do povo indígena?(O vidente)

"Antigamente, só existiam as lideranças tradicionais, ou seja, os caciques que representavam a comunidade diante de outros povos. Com o surgimento das organizações indígenas, houve uma mudança neste padrão. Novas pessoas tiveram funções importantes na vida coletiva da tribo como, por exemplo, os dirigentes das associações, os professores, os agentes de saúde e outros profissionais. Geralmente, eles representam o seu povo junto à sociedade em geral. Não há egoísmo ou disputa entre nós, todos coabitam em harmonia.(Juraci)

"Qual é o conceito de associação indígena?(O vidente)

"É uma entidade formal cujo objetivo é organizar, mobilizar e articular a luta de nossos povos. São mais de setecentas organizações distribuídas no país atendendo a necessidade das comunidades. Com o passar do tempo, foram ganhando importância e assumindo outras atividades técnicas como a prestação de serviços na saúde em convênio com a fundação nacional de saúde. Estas associações são fruto da mudança do ponto de vista político do povo indígena e do processo de redemocratização do país.(Juraci).

"O que representa para seu povo este tipo de representação?(Messias)

"É uma espécie de protetora dos direitos coletivos de nosso povo em relação ao mundo exterior. Ao menor risco, esta entidade atua com as lideranças da aldeia para eliminar as ameaças.(Juraci)

"Discrimine o histórico do movimento indígena contemporâneo.(Solicitou Messias)

"Bem estudei a teoria do militante e cientista social Sílvio Cavuscens. Segundo o mesmo, este histórico pode ser dividido em períodos. A primeira fase seria o indianismo governamental tutelar que teve a duração aproximada de um século. Entre suas características principais estão a presença do serviço de proteção ao índio(SPI) posteriormente reformulada para se tornar a Fundação Nacional do índio. O SPI foi criado em 1910 inspiradas no modelo europeu o qual valorizava o homem e a natureza. Mesmo assim, ainda havia a ideia de que o índio era um ser incapaz, motivo pelo qual deveria ficar sob a proteção do estado. Seguindo esta equivocada visão, o SPI representou o meu povo dentro e fora do país. Paralelo a isso, havia uma ação do estado em curso cujo objetivo era a completa assimilação e integração cultural dos nossos povos tendo significado prático a efetiva apropriação de nossas terras e a negação de nossas tradições. Esta ideia absurda pregava devermos viver como os brancos residindo nas cidades ou vilas deixando de ser nós mesmos de modo a permitir o desenvolvimento nacional. A função do SPI era prover as nossas necessidades mínimas as quais consistiam em saúde, terra, educação e subsistência sempre na ótica de que éramos incapazes. O resultado disso foi o avanço nas invasões territoriais já consumadas e abertura de novas fronteiras de expansão. Algumas estratégias tinham como fim a extinção completa de nosso povo. Entre as principais, podemos mencionar a tentativa de definição de critérios de indianismo de modo a estabelecer quem era índio. Segundo este critério, fomos classificados em arredios, isolados, não-aculturados, em vias de aculturação, aculturados e brasileiros integrados. Chegou-se ao cúmulo de propor-se a realização de exames de sangue para apurar o nosso grau de integração. Tudo isto para anular nossos direitos e destruir a herança de nossos antepassados. O segundo período é denominado de Indigenismo não-governamental com início na década de setenta. Introduziu-se dois novos atores: A Igreja Católica renovada e as organizações ligadas aos setores progressistas das Universidades. A Igreja Católica criou uma pastoral indígena e um conselho indigenista missionário(CIMI). A pastoral nos assiste nas nossas necessidades básicas e o CIMI tem um papel de apoio, articulação, divulgação e denúncia em relação á violação de nossos direitos.A partir daí, surgiram muitas outras organizações não governamentais(ONGS) apoiando nossa causa. Foi um período repleto de mobilizações ao nível local, regional e nacional em favor de nossos direitos. Este processo culminou nas conquistas da constituinte de 1988. Percebemos que com a união poderíamos ser bem mais fortes. Temos ainda a terceira fase chamada de Indigenismo Governamental Contemporâneo. Neste período, surgiram vários órgãos com atuação em nossas comunidades acabando com a hegemonia da FUNAI(Fundação Nacional do índio). Exemplos disso são a saúde indígena que foi responsabilidade da FUNASA(Fundação Nacional de Saúde) e a educação escolar indígena que ficou sob a chancela do Ministério da Educação. Com isso, a articulação entre meu povo e o governo foi ampliada. Diversificaram-se também as políticas públicas voltadas especificamente para nossa causa. O fato mais notável foi a implementação de projetos para os povos indígenas da Amazônia com ampla participação destes. Desde então não se pensa em política indígena sem o nosso efetivo acompanhamento, cooperação e participação representando um avanço significativo na relação com o estado. Em relação às retrações, O estado usa suas instituições para dificultar a implementação das novas políticas indigenistas e parlamentares brancos usando de sua influência encheram o congresso de pedidos que visam diminuir ou mesmo anular nossos direitos conquistados com tanto esforço. Direitos estes reconhecidos pela convenção 169 da Organização internacional do trabalho(OIT). Esta convenção ordena o controle social e nossa participação nas instâncias decisórias as quais se referem aos nossos interesses. Também nos reconhece como índios, reafirmando nossa identidade cultural numa época de redemocratização do país. Hoje, somos respeitos pelo que somos.(Juraci)

"Quais foram as possíveis causas da ascensão das organizações indígenas?(O vidente)

"Necessidade de se reagir diante de um política restauracionista; Proliferação das organizações não-governamentais indígenas; A descentralização do apoio financeiro dos recursos públicos e da cooperação internacional pós-guerra; A constituição federal de 1988; A retração do estado; O esvaziamento político-financeiro da Fundação Nacional do Índio(FUNAI); A globalização das questões ambientais e a descentralização da cooperação internacional.(Juraci)

"Como anda o movimento indígena nos últimos anos?(Emanuel)

"Na década de oitenta, surgiram organizações informais ativas, mas não muito institucionalizadas as quais reivindicavam direitos territoriais e assistenciais. Através das lideranças carismáticas(Jovens estudantes indígenas) com a Igreja Católica e setores da academia desencadearam um processo marcante de mobilização das tribos em favor de nossos direitos, especialmente os relativos às terras, á nossa cultura e contra a discriminação e o preconceito. Na década de noventa, ocorreu a multiplicação das nossas organizações assumindo funções na área da saúde, educação e sustentabilidade. Outras discussões surgiram em nossa agenda como o discurso etno-sustentável. Já na década de 2000, consolidaram-se os espaços de nossa representação no ambiente externo e interno trazendo novas conquistas e desafios.(Juraci).

"Quais as principais consequências do fortalecimento do movimento do seu povo?(Messias)

"Nossa população voltou a crescer. Entre as principais causas disso são o reconhecimento da identidade indígena(índios ressurgidos) e índios urbanos além duma maior aceitação por parte da sociedade branca. Também tivemos expressivas conquistas territoriais. Somadas, nossas reservas ocupam 12,38% da área total do país.(Juraci)

"Quais são os grandes protagonistas na luta pelos direitos do seu povo?(O vidente)

"A relevância das terras indígenas e a diversidade linguística e cultural.(Juraci)

"Quais as principais dificuldades enfrentadas pelo seu povo?(O vidente)

"Lidar com o modelo burocrático de organização social, política e econômica do homem branco; A resistência á sedução histórica do mundo branco; dificuldade de articulação sociopolítica; reverter o processo histórico de dependência do governo e como garantir a capacitação dos membros das associações indígenas. Enfim, garantir nossa soberania e preservação de cultura, tradição e valores.(Juraci).

Novamente uma parada é promovida para o descanso em geral e realização de tarefas. O assunto esgotara-se e eles procurariam das próximas vezes abordar outros temas. Eles vão à mata e ao retornar para a cabana trazem mais alimentos. Preparam o almoço e quando fica pronto, servem-se. Este momento sagrado é aproveitado intensamente num clima de paz. Ao concluírem a refeição, reúnem-se novamente prontos para mais uma rodada de conversação.

Cidadania, autonomia e gênero indígena

"Como anda o processo de obtenção da cidadania do seu povo?(O vidente)

"Nos últimos anos através da ação organizada de nossas entidades fomos conquistando gradativamente o estatuto de cidadão brasileiro.Mas o que significa isso em termos práticos? Temos a possibilidade de usufruir dos direitos garantidos aos demais, em simultâneo, em que permanecemos cultivando nossos valores e tradições. Entretanto, nossas metas estão longe de serem garantidas e respeitadas. Nossa cidadania está sendo construída com bastantes dificuldades. No aspecto positivo, o termo tutela estatal foi superado e nossas lideranças começaram a ganhar destaque no exterior e no exterior. No negativo, as mudanças propostas ainda foram pouco implementadas. Cabe ressaltar que cidadania em seu sentido amplo é ação e união independente das diferenças. Temos nossos símbolos, valores, histórias, sistemas sociais, sistemas políticos, sistemas jurídicos e econômicos próprios e isto não nos faz menos importantes do que vocês. Somos também brasileiros. Não queiram sobrepor sua cultura e sua vontade como outrora, pois hoje vivemos uma realidade diferente. Em vez da aculturação, deve existir o respeito e a preservação de nossas riquezas culturais. Somos os verdadeiros brasileiros enquanto o branco português é um forasteiro que veio para nos explorar e afanar o que é nosso por direito. Chega de injustiça social e de genocídio étnico. Queremos nos reerguer. Temos que superar também a noção de cidadania territorializada, pois apesar de não determos a propriedade de nossas terras temos o usufruto de suas riquezas a exemplo da biodiversidade e dos recursos naturais o que demonstra a nossa importância em preservação para as futuras gerações. Enfim, a cidadania é essencial para podermos participar do mundo em que vivemos e garantir que nossa história não se apague.(Juraci).

"Qual é o efeito dos recursos tecnológicos na rotina de vocês?(Emanuel)

"Infelizmente, na maioria das vezes, o acesso á tecnologia é usada como troca para comprar a nossa consciência objetivando aprovar interesses contrários aos nossos. Vale lembrar que apesar de sua importância no mundo atual, a ciência e o progresso não garantem a solução de todos os problemas. Ela deve ser aliada com outras políticas sociais para que surta bons efeitos. Dentre estas políticas podemos citar uma educação e saúde de qualidade e a auto-sustentabilidade. Cada povo indígena é autônomo para decidir o uso mais adequado disso e em quais perspectivas fazê-lo.(Juraci).

"O que é autonomia para vocês e de que forma isto está sendo tratado?(Messias)

"Autonomia é tudo. Sempre fomos autônomos definindo e organizando as atividades no meio comunitário segundo nossa visão econômica, política, econômica, jurídica e religiosa. Também lutamos pela autonomia perante o estado superando séculos de humilhação, menosprezo e dependência. Em termos práticos, significa respeito ao desenvolvimento de nossas culturas, línguas, medicinas, religiosidade, o direito à terra e o reconhecimento de nossas organizações.(Juraci).

"Qual é conceito indígena de natureza e território?(O vidente)

"A natureza e o território são sagrados para nós. Cada componente do ambiente é importante para nós como as montanhas, os lagos, a mata, o oceano e os rios, as pedras, o céu, os animais e nós mesmos.À terra é fundamental para nossa sobrevivência e não se dissocia de nós. Não é só um bem material e sim a morada de todos os seres vivos. Faz parte de nossa ancestralidade e nosso futuro tendo relação com os fenômenos naturais e sobrenaturais. A religião também é bastante ligada a ela. Somos parte da natureza e não donos dela e esta é uma lição que o homem branco deve aprender para que a vida continue na terra.(Juraci).

"O que é gênero e de que forma isto se reflete no mundo indígena?(Emanuel)

"O gênero é a expressão da força interventora do mundo branco. Reflete a concepção que se tem da sociedade e da vida em geral em que cada segmento é pensado como parte da coletividade mesmo que sejam distintos entre si. É necessário mecanismo de proteção dos direitos de cada grupo. Há também o direito individualizado que gera a existência e a prática do poder centralizado em que a coletividade transfere seu poder para um indivíduo ou grupo. Neste caso, é aberta a discussão: seria legítimo considerar os direitos de indivíduos ou de um povo em geral? Independente da resposta, a certeza que temos é não haver padrão que satisfaça concomitantemente todas as especificações e grupos. Sempre haverá injustiças no padrão de sociedade que conhecemos, indígena ou não. Até porque a questão de valores é bastante relativa entre o homem branco e nós. Um exemplo disso é que muitos homens deixam seus velhos pais num asilo e pensam que está tudo certo. Para nós, isto é uma aberração e um abandono. Nossa sociedade é bem organizada e estruturada, seguimos orientações, normas e princípios cosmológicas e ancestrais marcadas por funções de subgrupo(Grupos etários, clãs, pajés, profetas, curandeiros., etc.)que integrados entre si, formam o nosso grupo étnico. Todos são importantes, com grandes ou pequenas missões, o que importa é a contribuição de cada um ao universo. Os gêneros são assim primordiais. A partir do contato com o homem branco, a tendência é incorporar inconscientemente padrões de relacionamento. Esta elevada pressão faz com que cada vez mais tenhamos em nosso meio características ditas modernas. Se por um lado facilita o nosso contato com o mundo exterior promove gradativamente a extinção de nosso domínio próprio. Reverter este processo é nosso maior desafio.(Juraci)

Cosmovisão tupi-guarani
Nota:(Visão indígena baseada nos livros Tupã Tessondé e Terra dos mil povos de Kaka werá Jecupé)

"Chegamos a uma parte importante de nossa trajetória. É o momento em que revelarei um pouco das almas dos meus ancestrais. Estão preparados?(Juraci)

"Sim. Depois de tudo o que passamos, é o instante mais desejado. Obrigado pela confiança.(O vidente)

"Estou muito ansioso.(Emanuel)

"Eu também quero aprender mais.(Messias)

"Ótimo. Então comecemos. Toda palavra, ação ou objeto possui um espírito. Nomeado, um ser tem um assento. Espírito é silêncio, som e paz. O silêncio-som tem um ritmo, uma melodia e um tom. O corpo é a cor. Quando o espírito é entoado, passa a ser. Tudo o que existe entoa. As vidas acontecem sucessivamente. As grandes entidades materiais e imateriais cuidam da harmonia do tom. São os arquitetos da criação dirigidos por divindades anciãs e pela própria mãe terra os quais no que lhe concerne são dirigidos pelos anciães da raça, os mais antigos antepassados que viraram estrelas.(Juraci).

"Bem lembrado. Eu estava no início com meu pai e sou testemunha de tudo isso. Eu e meu pai criamos o universo pelo nosso infinito amor às criaturas.À terra e seus habitantes é apenas um pequenino ponto na imensidão que criamos, mas são muito importantes para o nosso projeto. Entre eles, está eu e meus sonhos. Tem razão quando diz que devemos valorizar nossas origens. Todos somos estrelas.(O vidente)

"Entendi nesta passagem o princípio, meio, fim e a consistência das coisas. Analogamente ao mito branco.(Emanuel)

"Conhecer a essência e suas crenças vai ser uma grande aventura.(Messias)

"Ótimas observações. Continuemos. O ser é nomeado e o espírito acorda. Somente o ser consegue compreender os mistérios da vida que envolve a sabedoria e o conhecimento dos antigos. Neste caminho de libertação, passamos por rituais, cerimônias, celebrações e iniciações que pretende a compreensão da tradição. O primeiro passo começa pelo nome das coisas.(Juraci)

"A sabedoria divina dá-se de graça aqueles que a procuram.(Divinha)

"Tradições são a maior herança de um povo.(Emanuel)

"O nome distingue o ser em meio á multidão.(Messias)

"Temos quatro grandes imagens arquetípicas da criação:Namandu é nosso pai primeiro;Kuaracy é nossa mãe;Tupã é o desdobramento do todo e a terra é o mundo material.(Juraci)

"Na linguagem católica temos o Deus pai,o Deus filho e o espírito santo.(O vidente)

"Kuaracy seria em nossa tradição a virgem Maria.(Emanuel)

"Namandu seria Javé, Tupã seria Jesus e à terra simbolizaria o conjunto das criaturas.(Messias)

"Sim. Este seria o sincretismo mais aceito para representar nossos Deuses.(Juraci)

"Uma junção de culturas.(O vidente)

"Tudo começou com a existência da suprema consciência que surgiu por si mesmo não tendo início, meio ou fim. Este ser desdobrou-se se criando o amor e a sabedoria.(Juraci)

"Na nossa visão, Javé Deus é o princípio, meio e fim. O pai gerou Jesus e o espírito santo que são o amor e a sabedoria respectivamente.(O vidente)

"Outro exemplo de sincretismo.(Emanuel)

"O imanifesto manifesta-se como espaço entoando a vida eterna como vento. Inicia-se então a criação do espaço-tempo e das línguas humanas. A linguagem então se tornou a alma.(Juraci)

"A alma é composta pelo sopro divino, pela consciência e pelo livre arbítrio. A melodia da alma são suas próprias escolhas.(Messias)

"Coordenando este processo está a mão de Javé.(O vidente)

"O pai criador consiste no mistério e sabedoria. Nada para ele é desconhecido sendo atento a toda atividade humana.(Juraci)

"Deus pai é um só manifestado nas três pessoas divinas: pai, filho e espírito santo. Ele é onipotente, onisciente e onipresente.(Emanuel)

"Temos ainda O fogo mãe e tupã que se unem e correspondem-se.(Juraci)

"Jesus e o espírito são intercomunicados com o pai e a vontade de um deles é igual a dos outros.(O vidente)

"Tupã apresenta-se como colibri. Cada ser humano tem sua alma colibri habitando no coração de tupã.(Juraci)

"Javé é Deus. Através de sua onipotência e onipresença, ele cuida da vida de todos.(Messias)

"Tupã iniciou a criação da primeira terra. Criou-se cinco palmeiras eternas nos quatro pontos cardeais e quatro colunas de sustentação.(Juraci)

"Deus criou o mundo em sete dias através de sua palavra e amor. A obra da criação nunca para.(O vidente)

"A palmeira azul é sagrada e simboliza as moradas. Ela representa no reino o mesmo que a coruja e o colibri no reino animal.(Juraci)

"Azul é a cor do céu representando toda a majestade e soberania de Javé. De Deus provém todas as bênçãos.(Emanuel)

"A natureza repete a dança macro cósmica guiando-nos a seu ritmo e harmonia. Existem quatro cantos:Arayama:inverno Original; Arapoty: É a vida em seu nascer;Arakuara-cy-puru: É o Calor da vida que se realiza e Ara pyau ñemokandire: dá cadência ao tempo quando a vida outona. Estes quatro cantos são revelados por meio dos ciclos da natureza.(Juraci)

"Bela sabedoria.(o vidente)

"Obrigado.(Juraci)

"Houve quatro estações da natureza cósmica. As estações são representadas pelas quatro direções: norte, sul, leste e oeste. Cada ciclo reflete-se em provas, desafios e aprendizados para todos os reinos entrelaçando-se com todos os reinos da vida(mineral, vegetal, animal, humano, supra-humano e divino). O símbolo é a aranha.(Juraci)

"Quais são estas estações e suas características?(Messias)

"O primeiro ciclo é regido por Jakairá, divindade responsável pelo espírito, substância, neblina e fumaça.À terra começou a ser habitada pelas tribos-pássaro e povos arco-íris. As tribo pássaro repassaram os mistérios sagrados para a humanidade vindoura. O grande desafio desta fase foi a coragem para a liberdade. Aqueles que não arriscaram geraram o medo e por consequência a escravidão. O segundo ciclo é da divindade Karai Ru Eté que é o senhor do fogo e da luz. Foi criada a roça dando origem a tribo vermelha. O desafio foi a descoberta da noite e deste ponto nasceram três espíritos: O espírito do sono, o espírito do sonho e o espírito da ilusão. No terceiro ciclo, tupã é a divindade, o comandante das sete águas. O grande desafio é o poder. Com a herança má do homem surgiram as sementes dos ciclos passados: A alma do medo, sono, sonho, ilusão, escravidão que em consequência gerou a posse, disputa e o apego ampliados pela ganância do poder. A quarta etapa refere-se á tradição da grande mãe que se divide em três grandes tradições: A tradição do sol, tradição da lua e tradição do sonho. Procura-se nesta fase uma síntese das tradições anteriores. Por isso chama-se tradição da grande mãe em referência á mãe terra que provê a sobrevivência de todos. Esta tradição específica reúne um conjunto de celebrações e ensinamentos repassados de geração em geração.(Juraci)

"Quais são os fundamentos da linguagem humana indígena?(O vidente)

"Ser, linguagem, alma e palavra são uma só coisa.Ayvu é o espírito que é eterno e vivifica o corpo. O sopro de vida desdobra-se em três:ñe'eng que quer dizer alma,ayvu que é espírito e ñe-em-g-cy é o espírito que as divindades trovões enviam para encarnação nas diversas dimensões.O feminino impulsiona o movimento da vida com o início, meio e fim sendo recriados pelas quatro estações.O movimento da vida se traduz em amor incondicional e sabedoria. Cada pessoa, cada montanha.cada árvore, cada pedra ou qualquer outro ser é importante para o equilíbrio do universo.(Juraci).

"Amor, verdade, fé, garra e liberdade são o mesmo ser. Ele criou todos os elementos visíveis e invisíveis. Sou um de suas gerações mais importantes, pois tenho a alma pura e a essência divina. Minha missão é muito grande: transmitir os ensinamentos de meu pai para que toda a alma o conheça e quem sabe possa regenerar-se de seus grandes pecados. Eu não sou Deus, mas sou filho dele. Posso realizar os sonhos impossíveis das pessoas. Meu nome é Aldivan, vidente, Divinha e filho de Deus. Vim para conquistar o mundo a mando de meu pai.(Divinha)

"Eu acredito.Nossas tradições crêem nas forças do bem e já que você é essa força eu peço mais compreensão e juízo para os homens.(Juraci)

"Eu sempre ajo através das boas pessoas.Nada acontece na terra sem que a palavra não saia da boca do meu pai.Eu posso transformar o coração humano desde que haja uma verdadeira entrega.Eu os fiz livres pelo meu grande amor.(Vidente)

"Eu vos agradeço por todos,bons e maus.Percebo que o mundo sempre existirá debaixo das vossas asas.Grande filho de Deus!(Juraci)

"Sim,enquanto o mundo for mundo eu existirei para todo o sempre, meu amor nunca mudará e minhas palavras não cessarão.(O filho de Deus)

"Assim seja.(Juraci)

"Amém.(os outros)

"Este é o mistério da encarnação humana.Um nome é uma palavra-alma.Cada semente é única tendo aspectos feminino e masculino.Os quatro elementos:terra,água,fogo e ar geram as futuras sementes cujo objetivo é a perpetuação da vida.(Juraci)

"As duas componentes,bem e mal,fazem parte do indivíduo e nossa atitude diante das dificuldades é o que define nosso caminho gerando frutos consistentes.(O vidente)

"Também há o corpo que é feito de fios da terra,fogo,ar e água intercomunicando-se nos níveis de tom.Nós somos parte da música da vida.(Juraci)

"Assim como a melodia que embala os corações apaixonados e sofridos.(Messias)

"Assim encerramos este ciclo.(Juraci)

É dado uma pausa. Nossos amigos voltam para suas atividades normais incluindo-se a preparação do almoço. Todos cooperam entre si, demonstrando a união daquele grupo guerreiro, vencedor e espetacular. Quando a comida fica pronta, eles servem-se igualitariamente num clima de paz e harmonia. Naquele instante, todas as preocupações foram esquecidas e vem saudades boas da família e de outrora. Aproveitam este tempo para solucionar dúvidas, entreter-se mais e descansar. Ao terminar esta etapa, reúnem-se novamente com o intuito de ampliar o debate.

As várias mitologias

"Começarei agora com a mitologia dos antigos. Estão preparados?(Juraci)

"Sim. Deve ser emocionante.(O vidente)

"Sempre tive muita curiosidade.(Emanuel)

"Adorarei descobrir esses segredos.(Messias)

"Muito bem! Então aí vão às histórias:

<u>Abaangui</u>

No início dos tempos, havia dois irmãos formosos de nomes Abaangui e Zaguaguayu. Abaangui tinha dois filhos também espertos e bonitos. Certo dia, cansados da monotonia da terra, os dois filhos de Abaangui lançaram duas flechas em direção ao céu onde ficaram fixas. Após, lançaram mais flechas que entraram na primeira formando assim correntes que uniam o céu e à terra. Através deste elo, estes filhos chegaram até o céu onde se transformaram no sol e na lua.

<u>Abaçaí</u>

Uma jovem índia da tribo Xucuru chamada(nome) era muito bela, educada, respeitadora e inteligente. Era um doce de menina no trato com as pessoas e decidiu por si só manter sua virgindade ao contrário do costume indígena.O único defeito dela era ser aventureira o que foi a causa de sua perdição. Um belo dia, num passeio na floresta, foi surpreendido pelo espírito do Abaçaí que estava em forma de leão. Desprotegida, a jovem foi abusada sexualmente e depois perdeu a alma que fora extraída pelo demônio. Abaçai fazia assim mais uma vítima por pura imprudência da garota.

<u>O sinal da Andurá</u>

Certa vez, um grupo de brancos despeitado com nossa tribo enveredou-se pela mata ao redor da aldeia ateando fogo provocando um incêndio criminoso. Graças a Tupã, um dos nossos chefes observou o sinal da Andurá inflamada, uma árvore sagrada e fantástica. Uma equipe deslocou-se para o local e com muito esforço conseguiu apagar o fogo para a felicidade de todos. Os criminosos foram presos pela polícia que foi avisada. Mais um exemplo da maldade branca e da importância de alguns seres.

<u>Angatupyry e Tau</u>

Na região asiática temos o conceito de Yin e yang que fui difundido para todo o mundo. O yin é o princípio feminino, a água, a passividade, escuridão e absorção. O yang é o princípio masculino, o fogo, a luz e atividade.

Na nossa crendice, temos o Angatupyr, o espírito do bem e o Tau que é o espírito do mal. Ambos orientam a humanidade em qual destino seguir. Porém, com a questão do livre arbítrio o controle e a decisão final sobre que rumo tomar é e sempre será do homem.

A batalha entre os Carnijó e os Xucuru

Num passado remoto, houve um desentendimento entre os grupos indígenas Carnijó e Xucuru tornando-os inimigos. Foi então declarada guerra perpétua entre estes povos. Os carnijó eram astutos e falsos e silenciosamente prepararam uma emboscada contra nossa comunidade. Na nossa tradicional festa anual da primavera, nossa aldeia foi atacada por ambos os lados.O embate então começou. Como não estávamos preparados, nossos guerreiros foram perdendo e o inimigo foi crescendo. Já perto de ser dominado, nosso pajé iniciou um ritual secreto invocando o espírito de Angra,que é a Deusa do fogo. Ela colocou-se na batalha e com sua garra e ferocidade foi derrubando nossos inimigos que não tiveram alternativa senão fugir. Angra é um espírito muito poderoso. A partir daí, foi assinado um termo de paz entre os povos e a amizade foi retomada. Aprendam que o entendimento é melhor que uma guerra. Uma lição que a vida me ensinou.

Uma caça desastrosa

Desde jovem aprendi com meu pai a caçar e a pescar. Ele sempre me dizia para não caçar á noite, pois se corria o perigo de que o Anhangá aparecesse. Eu nunca acreditei nesta lenda até que numa noite de lua cheia caçando uma galinha-do-mato que estava tentando escapar das minhas mãos apareceu o dito cujo. Este espírito mau apareceu na forma de um veado com olhos de fogo, com chifres e uma cruz na testa. Falando com uma voz de trovão, ele me ameaçou de morte caso eu não desistisse da caça. Eu era corajoso, mas diante deste monstro desfaleci. Fugi daquele local deixando tudo para trás com velocidade espantosa e não parei até chegar à minha aldeia. Eu não contei este caso a ninguém, mas decidi por mim mesmo nunca mais caçar á noite.

O boitatá

Num tempo longínquo, uma noite avançou de tal forma que o dia não existiria mais. A noite era muito escura, estrelas, sem vento, o tempo era seco e sem nenhuma zoada. Os homens estavam em casa com frio e fome. Não tinham como sair á noite para conseguir uma lenha ou comida devido aos perigos da mata. Foram passando os dias e uma chuva torrencial começou. Foi aí que uma grande cobra despertou de seu sono profundo e começou a comer os olhos dos animais mortos sobre a água. Os olhos brilhavam e com tantos olhos que a cobra comeu ela também ficou toda brilhante. Então ela transformou-se num monstro brilhante conhecido como boitatá.

Boiúna

A boiúna é uma cobra gigantesca que vive nos lagos, rios ou igarapés. Muitas vezes é confundida com um barco e quando os pescadores se aproximam virara comida dela. Quando esta cobra fica velha, ela vai para à terra sendo auxiliada pela centopeia na obtenção dos alimentos.

Segundo a lenda, a boiúna engravidou uma índia que deu á luz duas crianças gêmeas sendo um menino e uma menina.O menino foi chamado Honorato e a menina de Maria. A mãe quis ficar livre dos filhos e então os jogou no rio e lá eles começaram a viver. Honorato e Maria cresceram. Enquanto Honorato era bom, Maria era péssima causando sérios prejuízos. Foi aí que Honorato decidiu matá-la. Diz-se que em algumas noites de luar Honorato saía do encanto e transformava-se em um lindo rapaz. Só havia uma oportunidade dele se tornar plenamente humano: era derramando leite na sua boca de cobra fazendo um ferimento na sua cabeça até sair sangue. Este milagre aconteceu e a partir daí Honorato começou a viver com sua família humana e foi muito feliz.

O encontro com o caipora

Meu pai sempre me aconselhou sobre os perigos na mata principalmente quanto ao perigo de caçar nas sextas-feiras, domingos e dias santos. Entretanto, nem sempre eu escutava. Eu saí num dia de todos os santos na mata, pois estava sem alimentos em casa. Comecei tocaiando um veado e no instante que ia pegá-lo o caipora apareceu na minha frente. Tratava-se de um índio de pele escura, ágil e nu. A fama do caipora não era nada boa. Alguns diziam que ele comia os caçadores ou os espancava e eu não estava pronto para nenhuma das opções. Usando de minhas artimanhas, pedi perdão a este ser sagrado e para minha sorte ele pareceu conformar-se. Na menor oportunidade que tive, fugi e prometi nunca mais repetir este feito.O caipora é o protetor dos animais da floresta e está disposto a tudo por eles.

A lenda de Pirarucu

No começo dos tempos, havia um índio malvado, falso, esperto e ganancioso chamado Pirarucu. Sua maldade não tinha fim ocasionando prejuízos aos homens e aos animais. Foi então necessária uma ação urgente do pajé de sua tribo. Através de um ritual, foi invocado tupã e em resposta ele enviou um espírito poderoso chamado Chandoré.O enviado de tupã tentou matar Pirarucu, mas falhou, pois, este se jogou no rio transformando-se no peixe que leva atualmente seu nome.

O curupira

O curupira habita as selvas brasileiras. Ele é baixo, veloz, tem cabelos vermelhos e seus pés são voltados para trás. Tendo como quartel-general a escuridão da mata, ele adora descansar numa sombra de uma mangueira. Sua função é proteger todos os seres da floresta da ação predatória do homem. Para isso, ele usa o assovio ou cria imagens aterrorizantes com o intuito de assustar seus opositores. Além disso, ele costuma sequestrar crianças para poderem viver com ele na mata. Portanto, temos muito cuidado na proteção dos nossos filhos.

Lenda do sol e da lua

Tudo começou a partir da escuridão. Em certo momento, pela vontade de tupã, nasceu o sol o qual conhecemos por Guaraci. Guaraci ficou encantado com o universo e orgulhoso pela luminosidade que produzia.Porém, um dia teve que descansar e então tudo ficou escuro novamente. Foi aí que ele teve uma ideia. Para que o mundo fosse iluminado enquanto ele dormia, ele criou a lua chamada jaci. A lua criada era tão bela que imediatamente ele se apaixonou. Entretanto, quando ele abria os olhos para contemplá-la tudo ficava iluminado e então ela desaparecia. Guaraci inventou então o amor.O amor permanecia tanto na luz como na escuridão sendo hoje a maior força do universo. Muito satisfeito, Guaraci criou as estrelas para fazerem companhia a sua amada enquanto ele dormia. Assim o universo foi se expandindo.

O feitiço de Iara

Essa ocorreu com meu avô no final do século XIX. Ele era um hábil caçador e pescador e sempre quando podia fazer excursões com seus amigos nos rios da região. Numa destas vezes, na região hoje conhecida como Paulo Afonso-BA, deleitando-se no são Francisco eles foram vítimas de um grande estratagema do destino. Á beira do rio, ouviram uma bela moça cantando e acenando para eles. Resolveram aproximar-se. Eram três homens que saíram do barco e foram conhecer a linda índia. Logo que chegaram perto dela, ela os ofereceu comida e descanso de sua longa viagem. Prontamente, eles aceitaram a pensar que não havia mal algum. Ela trouxe peixes, suco, arroz e angu. Serviu igualmente a todos com alegria, satisfação e boas conversas. Então o tempo avançou um pouco e subitamente sentiram um pouco de sono. A moça sugeriu então que dormissem que garantiria a segurança deles. Até aí problema nenhum. A grande surpresa foi quando um deles acordou e presenciou uma cena macabra: A jovem estava chupando o sangue dos seus outros companheiros que jaziam sem reação. Ela era um monstro e tudo fora uma armação! Ainda um pouco cambaleante, esta pessoa fugiu de volta para o barco e retornou imediatamente à terra. Por um milagre, tinha se salvado da famosa Iara, a Deusa das águas que completava em seu currículo a morte de mais duas vítimas. Meu avô foi uma delas infelizmente.

Ipupiara

O Caso de Ipupiara ocorreu em 1564 na capitania de São Vicente, atual estado de são Paulo. Este foi o nome dado ao ser sobrenatural que apareceu por lá e foi morto. A história foi o seguinte: um dia já quase noite saiu para um passeio, uma índia, escrava de um capitão. A índia embrenhou-se na mata andando para lá e para cá. Ao chegar junto de uma várzea, viu nela um monstro. Este ser movia-se desordeiramente e dando gritos horripilantes. Ela assombrou-se e foi falar com o filho do capitão chamado Baltasar Ferreira e contou-lhe o caso.Porém, ele não acreditou em seu relato. Pediu para a mesma voltar e verificar se não tinha se enganado. A índia obedeceu e voltou mais assustada ainda. Então Baltasar pegou uma espada e foi verificar pensando que se tratava de alguma onça ou outro animal da terra. Olhando do mesmo ponto que estava a índia, viu um vulto, mas não tinha certeza do que se tratava, pois, a escuridão cobria à terra. Ao aproximar-se mais viu ele melhor e percebeu que se tratava de um animal marinho.O monstro então se direcionou para o mar. Antes que alcançasse as águas, Baltasar bloqueou-lhe a passagem.O homem acertou-lhe na barriga e o monstro tentou revidar caindo no lugar em que ele estava. Escapou do esmagamento, mas não do sangue da ferida que jorrou e quase lhe deixou cego.O monstro ferido avançou com bocas e dentes arreganhados. Baltasar então lhe aplicou um golpe profundo na cabeça.O monstro ficou então quase morto. Apareceram alguns escravos alarmados pelos gritos da índia que presenciava tudo. Pegaram o monstro e o levaram a povoação onde ficou exposto à vista de todos. Nunca tinha se visto coisa igual nas terras brasileiras.

Jurupari

Ceuci era uma bela índia trigueira que um dia saiu a passear no campo com o intuito de descansar a mente de suas preocupações. *Ela* caminhou por um bom tempo e ao chegar num pomar colorido descansou á sombra de uma árvore. Ao acordar acometida com muita fome comeu um dos seus frutos chamado de Mapati. Este fruto era proibido às moças que estivessem no período fértil. Ocorreu que o sumo da fruta escorreu pelo seu corpo e alcançando suas coxas fecundou-a.Os seus companheiros de aldeia ficaram sabendo do fato e o concelho de anciãos decidiu puni-la com exílio. Numa terra distante, ela teve seu filho. Esta criança foi chamada de Jurupari e, segundo a crença, era enviado do Deus sol. A missão de Jurupari era reformular os costumes dos homens e encontrar o amor. Com apenas sete dias de vida, já aparentava ter dez anos e possuía muita sabedoria. Ensinava aos outro a vontade do Deus sol. Por este motivo era chamado também de legislador.

Jurupari cresceu em sabedoria, estatura e poder. Ampliou ainda mais sua ação, ensinando e admoestando várias comunidades. Ele trazia a mensagem de um novo tempo cheio de conquista, sucesso e felicidade para todos. Inevitavelmente, suas ações iam ao encontro do interesse de alguns que planejaram uma cilada contra ele. Acusaram-lhe de feiticeiro reunindo provas e testemunhas falsas.O filho do sol foi então preso, açoitado e queimado.Mas sua mensagem não se apagou ficando sua lembrança por muito tempo no cotidiano indígena sendo parcialmente apagada pela colonização que o transformou num símbolo demoníaco.

Lenda da erva-mate

Antigamente, havia uma tribo indígena nômade e em certo momento ela deteve-se nas proximidades da nascente do Rio Tabay. Ao retomar o caminho, um índio velho e sua filha ficaram refugiados na selva. Passaram-se vários dias sem que nada de especial acontecesse até que apareceu no esconderijo um homem de pele estranha e vestindo-se com roupas esquisitas.O idoso ofereceu ao visitante uma carne assada de acuti(Um roedor da região) e um prato de tambu, espécie de petisco de larva. Segundo a lenda, este visitante especial era um enviado das forças do bem. Sendo bem recebido, em forma de retribuição, ele fez nascer uma nova planta no meio da mata a qual foi chamada de Yaríi. A partir daí, a nova planta cresceu oferecendo folhas e galhos para preparar o mate.

A lenda da vitória-régia

Num tempo passado, numa tribo indígena distante, conta-se que a lua(jaci) ao despontar da noite afagava os rostos das índias virgens da aldeia. Ao se esconder atrás das montanhas, ela escolhia as jovens que mais se agradava e as transformava em estrelas. Uma destas moças, a guerreira Naiá, sonhava com este encontro e o possível arrebatamento. Mesmo com todos os conselhos dos anciãos, ela permanecia irredutível em seu objetivo. Ninguém conseguiu mudar-lhe de ideia e todas as noites ela saia perambulando pelas montanhas em busca da lua.Porém, nunca a alcançava.O tempo passava e ela permanecia firme em seu sonho. Chegou a tal ponto que nem comia, nem bebia mais. Um dia, ao descansar á beira de um lago, observou a imagem de sua Deusa refletida nas águas. Cega pelo seu desejo, jogou-se na água e se afundou. Foi aí que a lua sensibilizada pelo esforço dela resolveu recompensá-la e transformou-a numa "Estrelas das águas" que hoje é conhecida como vitória-régia. Assim nasceu uma linda planta.

Maíra

Um dia desceu do céu um ser enigmático, astuto, sábio e poderoso. Ele foi chamado Maíra e podia caminhar sobre as águas, deixava rastros nas pedras e ensinava muitas coisas a nós. Quando cumpriu com seu objetivo, retornou aos céus prometendo sua bênção eterna. É também conhecido por Nhanderequei ou Karú-Sakaibê.

Pombero

O pombero é um espírito da floresta incumbido de cuidar dos animais e da natureza em geral. Ele pode tanto ser amigo ou inimigo das pessoas dependendo da forma como se atua. Sendo amigo.ele auxilia nas caças e na busca por alimento desde que na medida certa. Se ele é inimigo, ele promove acidentes e discórdias na casa.

Seu nome nunca deve ser pronunciado em voz alta porque pode causar irritação nele. Também nunca se deve esquecer-se da renovação de suas oferendas para quem já lhe pediu favores. Caso contrário, o mal cairá sobre sua casa. É bastante cultuado na região do Paraguai.

Pytajovái

Pytajovái é o espírito da guerra que preenche nossos mais valentes guerreiros. Através de sua força, nós conseguimos enfrentar os mais cruéis inimigos em nome do que acreditamos. Até porque a vida sem honra é a mesma coisa que nada.

Saci pererê

O saci pererê é um menino escuro que tem apenas uma perna podendo agir em prol do bem e ser brincalhão. Usa um cachimbo e um gorro vermelho. Este ser mitológico vive fazendo travessuras como espantar cavalos, produzir acidentes ou atormentar as pessoas.

Ele manifesta-se num redemoinho de vento e folhas sendo capturado se lançarmos um rosário no foco de ebulição. Outras características interessantes são: tomando-lhe a carapuça, é obtido um desejo; se alguém for perseguido por ele, deve jogar Cordões enozados, pois ele vai parar para desatar os nós permitindo a fuga. Há um boato que se diz que o caipora é seu pai.

Lenda de Tamandaré

Tamandaré é o ascendente dos tupinambás e seu irmão Aricute o ascendente dos Tomimis. Estes dois irmãos viviam em uma aldeia. O primeiro era inteligente e sábio enquanto o segundo imprudente, desajeitado e impulsivo. Certa vez, Aricute colocou todos da aldeia em perigo por conta de seu comportamento. Foi aí que Tamandaré bateu com o pé no chão fazendo surgir uma corrente de água que inundou todo o local. Os que escaparam do dilúvio foram Tamandaré e sua mulher subindo numa palmeira e seu irmão com a esposa que subiram num jenipapeiro. Ambos nutriram-se dos frutos das plantas. Quando a água retirou-se, eles desceram das árvores, separaram-se e repovoaram à terra.

A criação segundo a mitologia guarani

Eis que tupã vive desde todo o sempre e é o artífice de todas as coisas. Por sua vontade, criou-se a lua e o sol e com a ajuda deles, Tupã desceu à terra na região conhecida como Areguá, no Paraguai. Deste local ele criou tudo o que existe na face da terra além de fixar as estrelas. O homem foi o primeiro ser criado formado a partir da argila e a mulher sendo uma mistura de vários elementos da natureza. Então Tupã Deus soprou-lhes dando a vida em abundância e o livre arbítrio.

Os primeiros humanos chamavam-se Rupave e Sypave cujos nomes respectivamente significam: pai dos povos e mãe dos povos. Eles tiveram três filhos e inúmeras filhas. O filho mais velho chamou-se Tumé Arandu considerado o grande profeta do povo guarani. O segundo filho era chamado de Marangatu, um líder nato, bondoso e compreensivo. Ele era pai de Kerana, a mãe dos sete monstros legendários do mito guarani. Já o terceiro filho denominado Japeusá era mentiroso, arrogante, trapaceiro, falso querendo aproveitar da bondade alheia. O mesmo cometeu suicídio sendo ressuscitado como caranguejo e a partir daí todos da espécie foram amaldiçoados tendo que andar para trás. Em relação às filhas, destacou-se Porâsý, que sacrificou sua própria vida para salvar de um dos sete monstros lendários tirando o poder do mal na totalidade.

Ambos, filhos tornaram-se importantes garantidamente deixando para as futuras gerações um legado.

Os sete monstros lendários

Eis que kerana, a filha de Marangatu, foi desposada pelo espírito do mal chamado Tau e juntos tiveram sete filhos. As crianças foram amaldiçoadas pela Deusa Arasy, e á exceção de um, todos nasceram como monstros horripilantes. Estes sete são considerados entes primários da mitologia indígena sendo mantidos até hoje nas lendas. Abaixo estão descritos resumidamente cada um deles.

Teju jagua é um Deus das grotas, cavernas e lagos.O corpo dele é semelhante ao de lagarto com sete cabeças de cachorro. Sua alimentação básica consiste em frutas e mel. Em sua cabeça, há uma pedra preciosa. Vive no Jarau em meio a um grande tesouro.

Mboi tu'i apresenta-se como uma grande serpente com bico de papagaio e língua vermelha. Possui pele escamosa de cobra e penas na cabeça. É a protetora dos anfíbios, dos animais aquáticos e das zonas úmidas.

Moñai apresenta-se com dois chifres os quais funcionam como orientação. Domina os campos abertos podendo escalar montanhas e árvores os quais facilitam na obtenção da alimentação. Ele é o típico ladrão disfarçado o que provocou discórdias nas aldeias ao derredor.Porém, um belo dia, ao ser descoberto, os habitantes juntaram-se para pôr fim às suas ações. Porâsý ofereceu-se então para ajudar. Ela convenceu Moñai de seu amor, mas antes de casar-se pediu para conhecer seus irmãos.Moñai concedeu-lhe o pedido e foi em busca dos seus irmãos. Foi então preparada a festa de casamento a realizar-se na caverna e a moça aproveitou para embebedar a todos. Porâsý tentou fugir, mas sem sucesso. Foi aí que ela gritou e pediu para que as pessoas pusessem fogo na gruta mesmo com ela dentro. Foi realizado o seu pedido e por conta de seu sacrifício ela foi transformada pelos Deuses num intenso ponto de luz.

Jaci Jaterê é o único dos irmãos a não possuir uma aparência de monstro. Ele apresenta-se geralmente como um homem de baixa estatura, belo, esbelto, olhos azuis carregando um bastão mágico. Ele é o protetor da erva-mate, dos tesouros escondidos e senhor das sestas.

Kurupi é um Deus Guarani que habita as matas densas e que sai em noite de lua cheia para atormentar os homens e animais. Com estatura baixa, cor amarelo, olhos negros e dentes afiados move-se através de saltos e é bem veloz. Seu alimento preferido são os filhotes de animais e as fezes de cotia.

Conhecido pela gargalhada sarcástica e por ser muito esperto e ativo, ele é temido por toda a comunidade indígena. Seu habitat principal é a região da selva amazônica.Porém, sua influência é difundida em todos os povos.

Ao Ao é uma criatura terrível semelhante ao carneiro tendo presas afiadas. Seu nome deriva do som que provoca ao perseguir suas vítimas. Ele é considerado o princípio da fertilidade e seus filhos são considerados senhores e protetores dos montes.

Habitualmente, ele é um canibal devorador de pessoas não desistindo facilmente de alcançar suas vítimas. Segundo o mito, ele também sequestra crianças levando-as diante de seu irmão Jaci Jaterê.

Luison é uma criatura com poder sobre a morte. Sua aparência física assemelha-se a um macaco de olhos vermelhos, possuindo nadadeiras de peixe e um grande falo. Seu nome provém de Lobisomem. Segundo a lenda, caiu sobre ele uma maldição transmitida por seus progenitores: em noite de lua cheia, o indivíduo se transforma em uma criatura metade cachorro e metade homem.

O povo Xucuru

"Bem, foi isto que aprendi com os antigos sobre a mitologia tupi-guarani.O que acharam?(Juraci)

"Um ótimo conhecimento.(O vidente)

"Um resgate cultural importante.(Emanuel)

"Uma aventura e tanto. Agora poderia falar um pouco do seu povo?(Messias)

"Claro. Tudo começou quando da chegada dos portugueses na região por volta de 1654. A coroa portuguesa doou sesmarias de terras para os estrangeiros com objetivo de pecuária e assim permaneceu por algum tempo. Em 1661,fundou-se o aldeamento de Ararobá de Nossa Senhora das Montanhas. A partir daí, começou-se a usar a mão de obra escrava indígena. Pouco mais de um século depois, em 1762, Araroba tornou-se uma vila. A economia nessa época girava em torno do cultivo de milho, mandioca, feijão além da pecuária. Foi também nessa época que começaram as invasões á nossa terra em nome dos arrendatários. Com o passar do tempo, mais invasões ocorreram tirando de nós o direito da terra. Com a promulgação da lei de terras em 1850,os invasores solicitaram ao governo a extinção do aldeamento Xucuru alegando que já não existiam mais índios legítimos. Atendendo aos pedidos, o império decretou oficialmente a extinção do aldeamento em 1879. Um ano depois, a sede do município foi transferida para Pesqueira. Nesta época, os índios eram muito perseguidos abandonando sua morada e dispersando-se por toda a região. Começamos aí a perder um pouco da nossa identidade. Restaram um poucos índios isolados em locais de difícil acesso e outros continuaram explorados pelos ricos fazendeiros. Uma coisa que não mudou foi a garra do meu povo, os poucos que restaram permaneceram fiéis às suas tradições envolvendo religião, costumes, ensinamentos, valores e visão de vida. Sobrevivemos com muito orgulho. No início do século XX, o meu povo e outros grupos iniciaram uma mobilização em busca da posse da terra e garantia de seus direitos. Tínhamos que pressionar as autoridades que se mantinham sem ações concretas. Ao longo Do século, foram realizadas algumas ações a exemplo de relatórios e implantação oficial do SPI(Serviço de Proteção ao índio).Porém, os conflitos com os fazendeiros permaneciam. Somente a partir da constituinte de 1988 é que reacendemos as esperanças de ter o que é nosso por direito. Hoje, vivemos espalhados em vinte e quatro aldeias pela serra e em algumas partes da sede do município.(Juraci).

"Que lindo. Tenho Orgulho de você, amigo.(Messias)

"Que história maravilhosa.(O vidente)

"Estou encantado.(Emanuel)

"Obrigado a todos. Muito mais lindo é a história duma pessoa que vou contar a partir de agora para vocês:

Parte II
Volta do exílio

Estávamos no início da década de 70,precisamente na vila de Cimbres pertencente a Pesqueira-PE. Era o momento em que eu voltava do exílio e reencontrava os meus familiares da tribo Xucuru. Eu ainda tinha mãe, irmãos, primos e sobrinhos. Todos eram pessoas boas que apesar da influência do homem branco permaneciam fiéis às suas origens. Era o que nos restava após a opressão dos momentos vividos.

A primeira coisa que fiz ao chegar foi resgatar minha casa, minha posição na tribo, reencontrar conhecidos e tentar erguer minha vida. A experiência em Ibimirim me mostrou uma face horrenda do ser humano que só preocupa em agredir, em humilhar e tirar proveito da situação dos outros. A partir daquele momento, eu tinha que me recuperar minha auto-estima afirmando para mim mesmo que eu era capaz. Só me restava esta alternativa.

Foi pensando nisso que na linguagem do branco conheci uma boa pessoa, me casei e constitui família. Tive dois filhos, um homem e uma mulher chamados Jupi e serena respectivamente. Modéstia á parte, os dois eram muito bonitos e formosos. Logo que começaram a dar os primeiros passos, eu e minha mulher nos envolvemos na criação deles. Mesmo que os pais digam que o seu amor para os filhos é igual isto não é verdade. Declaro que minha preferida era serena e é sobre ela que minha narrativa vai se deter.

Família no rio

Uma das primeiras atividades de lazer comunitária com nossos filhos foi o passeio ao rio Cimbres no lado sul da comunidade. Minha família e outras íamos ocasionalmente para tomar banho e pescar nele. Esta era a primeira vez com nossos filhos pequenos, o que de certa maneira era especial.

Eu e minha mulher nos concentrávamos na pesca e no banho enquanto nossos filhos brincavam com outras crianças. Tudo era muito lindo: clima moderado, céu azul, ventos soprando de ambos os lados, a alegria era geral. Estar ali era mesmo que estar num paraíso cheio de tesouros.

O dia foi passando e tivemos a oportunidade de ensinar nossos filhos, o amor e o poder da mãe natureza, ser como o rio que flui entregue ao seu destino.O respeito e a tranquilidade prevaleciam a todo o momento.

Um momento dito crítico foi quando minha amada serena quase se afogou devido a um descuido nosso. A sorte dela é que um amigo viu tudo e apressou-se em salvá-la. Agradecemos muito a ele e nos cobramos mais. Afinal, os filhos eram de nossa responsabilidade.

No mais, tudo correu bem. Ao final da tardinha, retornamos a aldeia e dormimos com a consciência tranquila. Nossos filhos deram o primeiro passo rumo a descoberta do mundo. Isto era um grande feito para pais corujas como nós.

Aniversário

Nossa comunidade costuma fazer festas em datas importantes.O quinto aniversário de serena e de outras crianças foi motivo para organizarmos um evento especial que envolvesse todos da tribo e amigos.

Era o mês de março de 1975,uma segunda-feira ensolarada e agitada. Usando nossos instrumentos, entoamos uma melodia alegre, cantamos, dançamos, praticamos esporte e desafios, além de papariçar os nossos filhos. Tudo era muito lindo e convidativo levando-nos a uma boa reflexão sobre o futuro nosso e da comunidade. Tínhamos a grande alegria e responsabilidade de dirigir estes pequeninos.O que queríamos mostrar para eles era os valores de nosso povo para que quando fossem maiores fizessem a diferença numa sociedade contextualizada.O mundo precisa de almas boas e preparadas.

No final, fizemos um ritual de preparação e os abençoamos. A partir dali, a aventura continuaria com um cuidado ainda maior. Era nossa obrigação.

Na escola

No começo do ano de 1976 matriculamos nossos filhos na escola de nossa comunidade. Levando uma boa bagagem de casa, eles mostraram-se exemplares em questão de comportamento neste ambiente social. Serena destacou-se entre todos por ser aplicada, inteligente, compreensiva e ter espírito de equipe. Já Jupi era um pouco relaxado e isto me causava angústia. Eu logo senti que ele não teria tanto progresso quanto á irmã.

Nessa época a escola de nossa aldeia só tinha o ensino primário de modo que á medida eles avançavam no grau tiveram que ir deslocando-se para outros centros. Concluíram o ensino fundamental em Cimbres e o ensino médio em Pesqueira. Jupi abandonou os estudos e enquanto serena passou num concurso municipal no cargo de professora. Foi o primeiro grande feito da minha pequena bebê que me deu bastante orgulho.

Este tempo de ensino-aprendizagem foi muito rico para minha filha, conquistando amizades, conhecimento, reconhecimento, diversão e independência. Ela já estava quase uma mulher feita e isto me causava apreensão e contentamento concomitantemente.

A festa da padroeira

Devido aos encargos profissionais, serena mudou-se para pesqueira onde a economia e os eventos da região concentravam-se. Ela nos visitava sempre nos fins de semana. Eu tinha total confiança na índole dela por isso, permiti a sua saída. Até porque não somos donos de nossos filhos. Eles pertencem ao mundo.

Um evento que ficou marcado em nossas memórias foi a festa de nossa padroeira, a nossa senhora das montanhas. Tudo foi maravilhoso: o canto, a dança, os turistas, a bebida, o forró, o reencontro com amigos e os novos contatos. Dentre estes novos, tivemos uma surpresa: conhecer o primeiro namorado de nossa jovem que se chamava Carlos. Ele era um tipo de homem alto, loiro, forte, bem-vestido e simpático. Não posso mentir que o fato dele não pertencer a nossa etnia me desagradou. Entretanto, com o passar do tempo e com a convivência aprendemos a gostar dele e a nos enturmar. Até saíamos juntos para tomar uma cerveja gelada. Carlos era um médico conceituado de nossa região o que provava que o amor não tinha fronteiras ou preconceitos.

Este momento importante me trouxe belas lembranças do nosso passado. Eu estava feliz por a minha menina estar bem, uma garota que vi crescer cheia de problemas, mas confiante num bom futuro. Quantas vezes não vimos ela decepcionar-se com paqueras, amizades falsas, traições e sempre recomendamos ter muito cuidado.Porém, sempre deixamos bem claro que ela precisava tentar ser feliz. Naquele instante, tudo parecia estar bem caminhado. Mas nada estava ainda concretizado.

O telefonema

Era um domingo ensolarado do mês de setembro de 1990. Já era quase noite quando o chefe nos avisou haver um telefonema por parte de nossa filha no posto local. Fomos apressados atender e ao fazer isso, do outro lado, ouvimos a voz agoniada de nossa filha pedindo socorro. No primeiro momento, pedimos para ela se acalmar e tentar nos contar o que ocorria com calma.

A resposta que tivemos foi estarrecedora: ela fora estuprada e abandonada pelo seu então namorado. Entramos em choque. Como alguém tão simpático poderia transformar-se num monstro desse tipo? As aparências realmente enganavam.

Pedimos para nossa filha vir em casa e ao chegar demos todo carinho possível para ele poder restabelecer-se. Com a licença que tirara da prefeitura, ela pode então retornar ao nosso convívio e tentar erguer a cabeça. Quanto ao criminoso, nossa repulsa já era o suficiente. Não podíamos enfrentá-lo, pois ele era muito influente diante das autoridades. Seria inútil uma atitude contra ele.

O importante agora era tentar achar uma solução e um caminho. O que não mudara era nossas convicções e o amor pelos nossos filhos.

Mudança

O tempo passou um pouco. Serena melhorou e voltou a empenhar-se nos estudos. Foi aprovada com mérito conseguindo uma bolsa para cursar faculdade na capital. Ficamos felizes com este feito e não colocamos dificuldade para ela buscar seus sonhos.

Em 1991 ela já fixara residência em Recife. Sabemos pouco o que aconteceu com ela lá devido à falta de comunicação. Nos encontros que tivemos nos finais de ano é que soubemos que ela concluiu o curso de agronomia e especializações. Ficamos encantados com as fotos e suas descrições de como a capital era bonita e aculturada. Na última vez que a vimos, ficamos contentes com a novidade de que iria se casar.

Tudo foi um leve engano. Meses depois, através da notícia publicada em um jornal da capital, soubemos que tinha sido assassinada pelo seu então noivo. Foi uma dor inesperada e massacradora em nossas vidas. Definitivamente, Serena não nascera para ser feliz e a causa fora a violência dos brancos.

Agora, só nos restava Jupi que para nossa sorte tornara-se um homem importante.Porém, a lembrança de nossa guerreira nunca ia nos fugir. Meu amor eterno está com ela em algum lugar.

Despedida

"Agradeço por partilhar uma parte importante de sua vida. Ficamos honrados.(O vidente)

"Sinto muito pelo que aconteceu.(Emanuel)

"A confiança só é dada aos amigos. Obrigado por nos considerar como tal.(Messias)

"Agradeço as palavras de todos. Minha missão é concluída aqui. Espero que tenham aproveitado bastante e estejam preparados para ter uma nova visão da vida a partir de agora.(Juraci).

"Tudo foi ótimo. Somos outros graças a você. Continuaremos nosso caminho lembrando-se de sua figura para sempre.(O vidente)

"Assim seja.(Juraci)

"Adeus.(O vidente, Emanuel e Messias)

"Até mais.(Juraci)

A equipe da série filhos da luz partiu dali para casa.O curto trajeto até Cimbres é percorrido com um sentimento bom de missão cumprida, resgatar a cultura dos verdadeiros brasileiros. Ao chegar à vila, pegam uma lotação até á sede do município. De lá, o vidente vai para o pequeno Mimoso e os outros retornam para a região de Ibimirim. Esperariam a oportunidade de novas aventuras que certamente trariam ainda mais surpresas. Até o próximo livro, leitores.

FIM

www.ingramcontent.com/pod-product-compliance
Lightning Source LLC
LaVergne TN
LVHW020430080526
838202LV00055B/5112